SV

Band 1391 der Bibliothek Suhrkamp

Adonis und Dimitri T. Analis
Unter dem Licht der Zeit

Briefwechsel
Aus dem Französischen
und mit einer Nachbemerkung
von Peter Handke

Suhrkamp Verlag

Suhrkamp Verlag Frankfurt am Main
Mit freundlicher Genehmigung des Jung und Jung Verlags

Druck: Nomos Verlagsgesellschaft, Baden-Baden
Printed in Germany
Erste Auflage 2005
ISBN 3-518-22391-7

1 2 3 4 – 10 09 08 07 06 05

Unter dem Licht der Zeit

Vorwort

Die Freundschaft ist ein Magnet, welcher den unverbrauchbaren Teil der Wörter anzieht. Diese Besonderheit findet sich manchmal in den Briefen, die man miteinander wechselt. Die Achtung und das Vertrauen bringen einen dazu, oft mit sehr einfachen Ausdrücken einander die Rückseite der Erscheinungen zu erzählen, welche, die Gestalt des Alltäglichen annehmend, das Essentielle sagt.
Für diese zwei Männer – aus Gegenden, welche die Geburt der ältesten Zivilisationen begünstigt haben, getränkt von klarem, der Unendlichkeit geöffnetem Licht, Verneiner der Rechtgläubigkeiten, Träumer einer polytheistischen Welt –, vertraut mit dem Krieg, der Liebe und dem Tod, *Bürger* des Mittelmeeres und *Eingebürgerte* des Okzidents und der Wüste –: was sie eint, ihre Heimat, das ist die Poesie. Sie bevölkern deren Territorium, um das Aussprechen der Wörter in deren Klarheit zu erlernen, in der Weise des *make it new* Ezra Pounds und des *gäbe es auch nur ein einziges Wort, der Dichter schriebe es anders* des Georgios Seferis. Beirut, Athen, die griechischen Inseln, Sizilien und Paris gehören zu ihren Ankerplätzen. Manchmal schicken sie einander gar Briefe, die sich im Flug kreuzen.

[illegible]

Kassâbîn (Syrien), am 15. Juni 1998

Lieber Dimitri,

ich weiß nicht, warum ich diesen Brief anfange, indem ich vom Tod rede. Ich meine damit nicht den Tod im allgemeinen, sondern eher das besondere Sterben von Freunden. Darin sehe ich mich selber sterben und mein Leben der Abwesenheit zuneigen. Doch wenn ich zu Dir vom Tod rede, so vielleicht deswegen, weil er in mir, für den Augenblick, nur einen größeren Appetit auf das Leben und seine Köstlichkeiten weckt. Und das um so mehr, als ich Dir schreibe von diesem Ursprungs-Ort – meinem Geburtsdorf –, wo das Leben mir stärker pulst als gleichwo sonst.

Doch ist das nicht eher die Lust, *neu-heranzugehen* an die Sprache? Vielleicht; denn der Tod von Freunden öffnet im Denken und im Sein einen Blitzspalt, für den Augenblick unüberwindbar, es sei denn durch das Schweigen. Und nur wenn das Blitzen verbleicht, kehrt die Sprache zurück. Ist das demnach für mich die Gelegenheit, mich zu versuchen an diesem Schweigen und der dem folgenden Sprache? In meinen Augen wäscht die Freundschaft nämlich alles, sogar den Körper des Todes. Zumindest macht sie uns vertraut mit diesem Tod, indem sie die Kulmination der Kulminationen des Lebens ist. Deshalb also wußten meine Freunde aus ihrem Tod eine andere Tinte zu gewinnen, eine zweite Schrift? Deshalb wurde er jenes schweigsame Leben, für immer ausgeschert aus dem Kreislauf der Schrift, für immer eingetreten in den Kreislauf der Sinne?

In diesem Kreislauf kehrt sich alles um. Und da taucht das Geschriebene meiner Freunde auf bei einem Wiederlesen, etwas Geisterhaftes, welches das Unsagbare aufdeckt. Etwas, das seine Identität ablegt und etwas *anderes* wird, nicht zu zähmen von der Benennung. Wenn es sich abwärts bewegt, zieht es mich in die Tiefe; in der Aufwärtsbewegung hebt es mich zu den Gipfeln. Etwas: Flügel oder Bäume – schmalgewordene Silhouetten, mir zuhörend und auf mich wartend beim Ausgang der Schule. Ich sehe sie sich wellen über den Feldern und das Gras sich entblößen, wie um sich streifen zu lassen von den Wimpern eines mysteriösen Augenblicks. Ekstase in der Schwebe zwischen Tränen und Frohlocken, Tod und Leben.

Im Kreislauf des Sinns sehe ich mich mit meinen Freunden leben in einem Wald aus Metaphern. Ich glaube sogar zu hören, wie das Leben die Sonne, welche auf seine Schultern eine Wolke in Gestalt eines schwarzen Schals gelegt hat, fragt:

– O Sonne, warum bist du derart beschäftigt mit der Idee des Todes?

Und ich glaube, die Antwort zu hören:

– Weil die Liebe mich beschäftigt zuallererst.

In diesem Wald lernen wir, daß das Leben sich in

Wahrheit nur schreibt bei der Lektüre des Todes. Die Schrift, verbannt sie demnach den Körper aus seinen Erinnerungen, damit er Kind bleibt? Vermischt sie, in derselben Schale, Wasser des Todes und Wasser des Lebens? Ich habe so das Gefühl, fröhlich mit den Freunden auf und davon zu gehen, so als machten wir uns, im Wissen, auf den Tod zuzugehen, auf den Weg zur Liebe: unsere Gesichter sind Räume; die Haare vier Richtungen. Unterwegs lesen und schreiben wir die Felder – im Wissen, wir hätten da als Begrenzungen nur die Wolken.
Von diesem Wald aus betrachtet, ist das Haus meiner Freunde immer beleuchtet, mit den Laternen des Sinns an seiner Front. Und wenn die Schmetterlinge kommen, dämpft sich das Licht und zeichnet ihre Schatten auf die Mauern und Plafonds; vergiß nicht, sie zu skizzieren in den Heften des Staubs.
Eure Hefte sind also müde, meine Freunde? Müde eurer Obsessionen und eurer Sorgen, eurer Hartnäckigkeit, tagtäglich die Sonne anzureden? Gut, sagen wir, sie sind's, und daß der Schlafwind sie fortgeweht hat.
Schlaft also, und befreit eure *Legenden.* Daß die endlich wachen können und ihren gefahrvollen Platz einnehmen zwischen dem Amboß des Wirklichen und dem Hammer des Traums.
Gehen die Freunde vorbei: keine Spur außer der Spur.

Dein Freund
Adonis

Im Flugzeug nach Athen, am 27. Juni 1998

Lieber Adonis,

der Tod und die Freundschaft sind die Domäne der Soldaten, der Seeleute und der Dichter. Auch die Freiheit, denn sie ist der Stoff ihres Umherirrens. Der Wald, von dem Du redest – für mich stößt er, seit Shakespeare, vor –, das sind unsere lebenden oder toten Freunde; sie beschützen uns und geben uns Zeichen im Gewitter und in der Stille. Im übrigen liegt der Tod so weit zurück, daß er mir altvertraut ist. Ich wohne mit ihm zusammen seit dem Tag, da ich erfuhr, ein Freund werde nicht mehr in die Schule kommen. Das war im Frühling, und die Abenddämmerung legte, auf der Meeresseite, Feuer an das Sonnenfeuer. In diesem Augenblick fühlte ich, die Zeit war nicht hinter oder vor, sondern in uns.

Die Zeit, diese Obsession des Jahrhunderts, reflektiert sich an der Oberfläche der Alltäglichkeiten. Da es ihr nicht gelingt, die Lebenshäute zu durchdringen, blendet sie und glänzt wie ein stehendes Wasser. Daher das Gefühl von Wiederholung, von Déjà-vu, von Gleichgültigkeit und Auf-der-Stelle-Treten. Die Städte werden zu Bahnhofshallen – ist die Abfahrt bewohnbar? Die Amerikaner, die Du in den letzten Jahren häufig besuchst, haben die Formel »Time is money« erfunden. Für uns, die wir von den Ufern des Mittelmeers kommen, war die Zeit, und bleibt, Ewigkeit und Augenblick; heute, was ist das? Man hatte das Vorrecht der langsamen Völker; die Vergangenheit hatte uns beigebracht, daß nicht schnell zu gehen hieß, dieselbe Richtung zu nehmen wie die Zeit. Heutzutage ist die Zeit eine der letzten verbliebenen Möglichkeiten, aber wir haben ihren Gebrauch verlernt.

Ich lese eins der raren Prosastücke von Ossip Mandelstam, und er redet da mit viel Ironie von einem anderen Jahrhundertende, dem des 19., in Sankt Petersburg, das für siebzig Jahre dann Leningrad heißen wird – es kommt vor, daß die Städte, so wie die Poeten, den Namen wechseln. Die Welt, die zusammenstürzen wird – Intellektuelle, Politiker, Groß- und Kleinbürger, welche die Gesellschaft bestimmen mit ihrer bequemen und oberflächlichen Lebensweise –, ist beschrieben mit Prägnanz und Humor. In unseren Tagen haben die Poeten das Kritteln vergessen; und doch stockt die poetische Arbeit zwischen den Gipfeln und Tiefen oft in Schulterhöhe – denk an Seferis. Jedesmal, wenn ich das Buch eines wahrhaften Schreibers aufschlage, brauche ich Stunden zum Lesen von drei, vier Seiten – ein Zeichen. Mehr noch: das erfüllt mich mit Schreiblust. Und andererseits kommt es vor, daß ich gut arbeite, nachdem ich einen schlechten Film gesehen habe – um die Zeit wiederzugewinnen, die verlorenging in der Nichtigkeit.

Mandelstam hatte die Ahnung von etwas, das seine

Schreiberkollegen sich nicht einmal vorstellen konnten: die Prosa, der Roman, sie setzen strukturierte, kodifizierte, hierarchisierte Gesellschaften voraus. Die gesellschaftliche Dekadenz zieht Prosa und Roman mit sich hinab, indes die Poesie freie Menschen benötigt – welche die Freiheit über alles stellen; eine Welt ohne Tanz um das Goldene Kalb. Er hatte auch verstanden, daß die Poesie eine literarische Gattung ist, unvergleichbar mit anderen, anderen (Roman, Essays etc.) auch nicht entgegenzusetzen – vielmehr eine Welt für sich. Daß sie vielleicht einteilbar war in lyrische Poesie, epische, klassische, romantische oder sonst welche, daß solche Klassifikation aber kaum etwas besagt.

Ist Dir aufgefallen, daß es unter den Flugzeugpassagieren fast nie Verrückte und Exzentriker gibt? Das rührt vielleicht von dem Respekt vor den Höhen; davon, daß man sich »in den Wolken« bewegt. Doch das verhindert nicht die Vulgarität, die immer als erstes ausbricht. Im übrigen geben mir die Flugzeuge den Eindruck von Wartesälen, wo man sich mit Vorliebe Irgendleuten eröffnet. Der Zufall und die Zeit sind letztendlich der moderne Aktionsraum; was bleibt, ist Einsamkeit. Nur gibt es so etwas wie eine frenetische Abwehr der nicht kontrollierten Einsamkeit, der »grundlosen«, jener, welche die Vertiefung und die Reflexion erlaubt. Vorhin wurden Kopfhörer verteilt, und alle oder fast alle haben sich isoliert. Es wird dazu ein stockdummer

Film gezeigt. Wann kommt endlich der Bildersturm gegen die Übersättigung mit Bildern?
Wir werden gleich landen. Das Mittelmeer, das abgeschlossenste der Meere, ist zugleich das offenste. Es hat uns geholfen, gegen die Fatalität die Freiheit zu erfinden. Sich von Gott abzuwenden ist unser Wein gewesen, und wir sind davon immer noch betrunken. Aber es stellt auch die Familie dar, und das besagt, man kann es niemals loswerden.

Auf Wiedersehen
Dein Freund
Dimitri

Athen, am 30. Juni 1998

Lieber Adonis,

Athen – und damit ganz Griechenland – lebt im Rhythmus seiner Obsessionen: konstruieren und dann im Freien leben. Ein großes und solides Haus zu bauen – doch eine jede Konstruktion wirkt häßlich, wenn sie die Örtlichkeit nicht respektiert –, das ist die Besessenheit des Griechen, der Angst vor dem Leeren, dem leeren Raum hat. Unmöglich, in diesem Land einen unbesetzten Ort zu finden, es sei denn das Meer, das aber wimmelt von Außenbordflitzern, die es der Länge und der Breite nach aufschlitzen, mit nichts im Sinn, als zu stören (doch ist die Ordnung des Meeres zerstörbar?). Hand in Hand damit geht der furiose Zwang nach bewegten und lärmigen Bildern, von denen sich nähren die Generationen der Revoltierenden gegen die Stille. Manchmal denke ich, sie wollen im Lärm und in der Unordnung eine Welt begraben, welche sie nicht begreifen wollen oder können. Weder die Heftigkeit noch die Brutalität sind ihnen ein Ziel, vielmehr ein Mittel, und das reicht nicht aus, ihre Verstörung zu zeigen angesichts einer anschwellenden, tauben Gewalttätigkeit in einer aufs äußerste narzißtischen Welt. Dazu tragen bei auch die endlosen Jahre, da das Schlimmste der Religionen und der Eroberer sich verbündet haben, um ihnen die Zungen zu verbrennen.

Eineinhalb Jahrhunderte der Freiheit unter Aufsicht nach vier Jahrhunderten türkischer Unterdrückung: das ist nicht genug. Also schreit man darauf los, fuchtelt, um die Gliedmaßen zu lockern nach dem Kettengewicht – auch wenn das bloß ein Bild ist.
Vorortegegend ohne Ende – was wären die Säume des Mittelmeeres, beraubt jenes Lichts, das sie, samt ihren häßlichen Bauten, noch nackter wirken läßt? Das ist die Frage, welche sich die Fortschrittsgläubigen niemals stellen werden; denn sie sind außerstande, den Menschen gelten zu lassen.
Hier werden alle Fragen geduldet, und das ist es, was uns aus dem Blut der Vielgötterwelt Geborene fähig macht, das Zwiegespräch mit der Welt neu aufzunehmen.
Gegenüber meiner Wohnung, in einer Straße, die nicht mehr dieselbe ist, denn dem Gedächtnis sind das Viertel wie auch fast die ganze Stadt entfallen, wird ein Haus demoliert, wo ich begonnen habe, Französisch zu lernen und die Einheit der Sprache mit den Dingen des Lebens – also frei zu sein.
Unsere Vaterländer, die Länder unserer Geburt, entstellen sich selber; auf ihrem Gesicht zeichnet sich nicht mehr unser Geschick ab. Ganz allmählich werden sie Teil eines Ensembles, welches ein Spiel des Zufalls ist. Es gibt keine Kreuzwege mehr, und alles beginnt aufs neue.
Wir sind eingetreten in eine Periode, wo der Glaube vorherrscht, *alles* sei möglich; und die eine und die

andere Tatsache scheinen das ja zu bestätigen. Das Beste wird zum Emblem; der Rest: Gedächtnislosigkeit.

Dein Freund,
Dimitri

PS: Im Lauf der Jahre gibt es in den Straßen von Athen immer weniger Sonne und immer weniger Schatten.

Kassâbîn, am 15. Juli 1998

Lieber Dimitri,

ich komme zurück auf Deine Briefe. Vor allem beschäftigen mich Deine Bemerkungen zum Mittelmeer, unserem Meer und unserer gemeinsamen Mutter. Aber ich frage mich: Gibt es wirklich eine mediterrane Ästhetik, und wie zeigt die sich? Gibt es eine mediterrane poetische Sensibilität, und wie läßt die sich definieren? Was gibt es Gemeinsames zwischen den Gestaden des Mittelmeers; was gibt es für Unterschiedlichkeiten?

Miserables Mittelmeer – sein Drang, seine Gestade zu waschen, bringt denen nur noch mehr Dreck. Rundum verstreut die zugefeilten Backenzähne der Rhetorik, welche nichts kauen als Blei. Den Wellen vergleichbar, prallen die Menschen dagegen, eine Krücke ins Firmament gepflanzt, eine andere auf du und du mit dem Schutt. Was wir »Morgendämmerung« nennen, kommt bei ihnen an bloß als Totgeborene, abgeworfen von der himmlischen Mutter.

Gestade: Lippen runzlig von dem Geschwätz über die Kindheit in den Salzheimen. Bisweilen scheint mir, unsere »gemeinsamen« Gestade seien nichts als eine riesige Menschenschädeldämmerung.

Doch wohin flüchten, o Dichter – o Reisender? Wie Dich freisprechen von diesen Wellen, Deine Hände waschen von dem Blut, das sich damit vermischt – der einsamen Geburten wie des Todes?

Sicher ist, Dichter, daß die mittelmeerischen Wolken ihre Leiber nur den Schenkeln der Sterne zuwenden und daß jene Flüssigkeit, genannt »Regen«, nur den Schweiß absondert der von unseren Vorfahren erlebten Reise in der Wüste des Weltraums. Warum also haben die Revolutionen sich weitergezeugt an diesen Gestaden – wenn sie auch nichts hervorgebracht haben als Friedhöfe? Soll die Sonne also einen Keuschheitsgürtel anlegen? Das Erbe knospen in sich selbst? Hier lebt und auch denkt man allein den unsichtbaren Wesen nach. Hier hat die Historie das Gesicht des Zyklopen angenommen und die Zeit das Verhalten eines Soldaten, der seinen Dienst notgedrungen in einer leeren Kaserne ableistet. Siehst Du denn nicht jene Ideengebirge auf dem Kopf eines einzigen Geheimworts? Und das Denken, jenes Kurzlehrbuch des Verkehrs, das nichts beibringt, als die Passagen zu behindern? Warum ähneln die Gedichte, wie sie kreisen in unseren Himmeln, krummrückigen Planeten?
Schau auch auf die Sternschnuppen über dem Orient: siehst Du nicht, daß sie, für ihren Moment, metalldunkel werden?
Unsere gemeinsamen Gestade:
Wellen, mit Salzparfum die Weiblichkeit der Erde besprühend; darüber thront der Abendstern, dessen Sitz, bewacht vom Abfallengel, aufragt wie ein zweiter Adam – Vater einer Sippe, die auf der Todesgitarre um ihr Leben spielt.

Als bereite sich da eine besondere Alchimie vor, zum Einschläfern der Luft.
Ja, mein lieber Dimitri, das sind unsere Gestade – an jenem treibt mehr als nur eine Ophelia –, aber daß ich's Dir sage: in der Toga Hamlets erkenne ich, von hier aus, nichts als den Schatten Qays'*.
Ich grüße Dich von diesem, unserem Gestade, das Du bald umarmen wirst, von dem Ort, der mich hervorgebracht hat, Ugarit, der Mutter des Alphabets. Ich grüße Dich, während die Nacht schon die Sterne aufknöpft, und, sieh da, ich hier, der ich ihren Schritten, den wie klickenden, lausche, indem ich den Wellen zuhöre und mir vortäusche, ich höre das Meer.

Dein Freund,
Adonis

* Arab.: großer Liebender (Layla)

Athen, am 20. Juli 1998

Lieber Adonis,

nie träume ich von einer Stadt. Die Orte, die mich einfangen, sind eher frei von jedem Bauwerk, *terrains vagues* oder trockene und steinige Wüsten. Vor kurzem warst Du in Beirut, wo die Leute sich auf die Balkone stellten, um den Tod vorbeiziehen zu sehen. Es ist Deine Stadt – wie Dein Freund sein, ohne sie zu kennen? Schon zieht sie mich an: unzerstörbar wie die Sprache, die vom Himmel kommt, und ihre Bewohner mit Augen, die nicht altern.
Aber Beirut, das ich nie besucht habe, lockt mich. Mit seiner Amoral, die ich erahne, und seiner Häßlichkeit, die zugleich seine Schönheit ist, mit seiner Mißachtung der Zeit. Stadt des Wahnsinns, der Vergnügungen und der Weisheit, die aus dem Desaster einen Triumph macht; freie, denn tiefe und oberflächliche Stadt; die Kriege richten nichts aus gegen ihre Leichtigkeit; Metropole im Abtrudeln, die aber nach jeder Prüfung wieder in ruhige Wasser findet. Was sie umbrächte: der Sprache beraubt zu werden – das Psalmodieren dürfte wohl nicht ihre Sache sein. Sie gehört zu den Städten ohne Religion, welche aber alle Götter anbeten und allein von der Sprache leben und vom Licht, so wie Alexandria davor, mit anderen Metropolen dieser Küste, die sich zieht von Halikarnass bis hinab zum Delta des Nil.
Ich rede von dieser Stadt, von der Du weggegan-

gen bist, so wie ich von der meinen spräche, Athen, von wo ich ebenfalls weggegangen bin und das ich nun verändert wiederfinde. Eine solche Untreue gegenüber dem Gedächtnis und der Form zieht an und empört. Was ich jedenfalls weiß von den Städten im Umkreis des Mittelmeeres: ihre Mängel sind auch ihre Vorzüge: Gewinnsucht, Arroganz, Oberflächlichkeit, aber auch Duldsamkeit und unbegrenzte Lebenskapazität. Für den Tod sind diese Städte attraktiv, nicht für das Leben; denn es gibt eine Kraft, die sie nur selten teilen mit ihrer Dauerherausforderung an die Zeit: sie verstehen, mit ihm zu sprechen.

Woanders hat der Weltrhythmus gewechselt. Er geht nicht mehr in eins mit der Sprache, sondern mit seinem eigenen Krach, verstärkt bis zur Hysterie; niemand hört zu, alle Welt hört sich selber zu. Vor vierundzwanzig Jahrhunderten, nach einem Bürgerkrieg, so wüst wie das griechische Licht höchst selbst, schufen die Bürger von Athen ein Gesetz, das die Erwähnung des Unglücks verbot, als Fundament des Friedens. Heutzutage geht die Gedächtnislosigkeit Hand in Hand mit den Bildern und der Geschwindigkeit. Dazu bemerkt Milan Kundera in seinem Buch *Die Langsamkeit*: »Es gibt ein geheimes Band zwischen der Langsamkeit und dem Gedächtnis, zwischen der Geschwindigkeit und dem Vergessen.« Das Gedächtnis bei uns, den Völkern der heiligen Bücher, ist gar zu schwer zum Tragen, zu bitter zum Sagen. Also erfinden wir Mythen, um zu erzählen, was geschehen ist. Und was tut Deine Stadt, wenn nicht vergessen? Ist das möglich? Und Du, wenn Du den Wind in den Straßen jenes Beirut hörst, welches Du geliebt hast, kannst Du vergessen?

Als Mittelmeermenschen haben wir die Freiheit im Alltäglichen gewählt, aber tun so, als kennten wir nicht jene des Geschicks, welche das Gedächtnis anruft in unseren Tiefen. Wir halten uns für Herren der Zeit, aber es ist die Geschwindigkeit, die am Anfang unserer Träume stand.

Ich beneide Dich um die paar Blicke, die Du das Glück hast aufzufangen und die allein Dein Blick auffangen kann.

Dein Freund,
Analis

PS: Ich möchte dich fragen: Eilt es der Zeit stärker als früher in Kassâbîn?

Paris, am 25. Juli 1998

Lieber Analis,

wie doch die Historie durchsickert und wie ihr Fett überfließt in den Zeit-Krügen.

Rassistische Strömungen, religiöse und ethnische Kriege, fundamentalistisches Denken, welches das, was kommen soll, nur im bereits Gekommenen sieht – sich als das einzig von Gott gewählte proklamierend –, Technik, welche das Ganze umschließt in einem Markt, wo Himmel und Erde zum Verkauf stehen. Die Erde erstickt, und der Himmel ist ein umgestülpter Brunnen: weder Wasser noch Kübel, nichts als eine Geröllschicht, worin die Sterne stranden. Nein, unsere Wüste ist kein Exil, sondern eine Klinik, und nichts scheint uns da heilen zu können.

Und Du fragst mich, was die Poesie vermag?

Für meinen Teil werde ich die Natur bitten, mich zu nehmen, meinen Kopf wiederanzufügen an die Arme der Sonne; werden die mich aber überhaupt hören? Ich werde freilich das Bett der Schlaflosigkeit aufschlagen und das Glas der Leere trinken. Denn dieser Sitz, der meine, gönnt sich weder Kompromiß noch Ausweg.

Ich bin jedoch müde, und dieses Gefühl wird stärker und stärker.

Die Mattigkeit fließt in mir gleich einem Fluß, der seine Zuflüsse auf die Glieder verteilt. Andererseits

sammeln sich das Gold und die Weisheit nirgends besser als in diesem Fluß. Die, die die Müdigkeit des Lebens nicht erfahren, können sie von dessen Poesie und Schönheit wissen?
Diese Müdigkeit vermehrt mein Bedürfnis nach Einsamkeit. Wie ich aber erfahren habe, kommt die Müdigkeit Etage für Etage. Zwischen der ersten und der vorletzten habe ich einzig Verlust gekannt. Was die letzte Schwelle betrifft, so ist sie unüberwindbar: nicht die Liebe und nicht einmal die Freundschaft können sie überschreiten.
Aber die Poesie, manchesmal, ja.
Da ist vielleicht der Sitz des poetischen Faktums.
Wie auch immer: die Poesie kommt zum Vorschein allein auf die ihr eigene Weise. Wenn ich wirklich einsam bin, weiß ich überdies nicht mehr, an wen mich wenden; nicht daß ich ohne Geliebte und Freunde bin: ich bin bloß außerstande, mich zu bekennen und zu beklagen.
Wenn ich mich weder bekennen kann noch beklagen, so kommt das vielleicht daher, daß ich bezweifle, daß jemand oder etwas außerhalb der Poesie mir helfen kann, die Einsamkeit zu überwinden. Ein derartiger Mangel an Vertrauen stellt, ich bekenne es, einen Gipfel der Tyrannei, der Ungerechtigkeit und des Narzißmus dar. Und doch bin ich in meinem täglichen Umgang eher liebenswürdig, treu und großzügig – jedenfalls bilde ich mir das ein. Ich bin in der Tat jemand Widersprüchlicher,

und ich weiß nicht, wie solchen Widerspruch auflösen. Wie oft habe ich an Orpheus gedacht, mit dem Wunsch, er wäre Eurydike wirklich begegnet, damit ich sähe: wird er seine Lyra wegschmeißen, um sie in die Arme zu schließen, oder wird er, im Gegenteil, in der Umarmung seiner Lyra verharren?
Zeiten, da bin ich derart eingenommen vom anderen, daß ich schreibe für ihn allein; und Zeiten wieder, da ich schreibe nur für mich. Und wenn es geschieht, daß mein Schreiben die Leser erreicht, indem es in ihnen Fragen erweckt, so kommt das nicht etwa aus einer Botschaft oder weil diese Leute mich angehen. Ich sage mir, daß es eine bloße Ansteckung ist – durch meine Einsamkeit, und diese Zutraulichkeit freut mich; denn es gefällt mir, in dem anderen zu wecken, was wacht in mir.
Der Frau, welcher ich eines Tages schrieb: »Ich wußte nicht, daß die Luft, indem sie Deine Haare streift, an Deinem Ohr dieselben Worte murmelt, die ich Dir zuflüstere« – dieser Frau schrieb ich auch: »Nein, ich will keinen Menschen an mein Geschick binden. Aber vielleicht besteht in diesem meinem Willen das Geheimnis, welches Du gesucht hast und welches Du weiter suchst, gerade jenes, das meine schwierige und zögernde Haltung angesichts der Liebe ausdrückt.«
Ja – ich widerspreche mir.
Und meine Widersprüchlichkeit scheint nicht lösbar.

Trotz allem gibt es Augenblicke, da ich in solcher Erschöpfung – und das ist eine der Facetten meiner Widersprüchlichkeit – ein unüberbietbares Glück erlebe. So war, gestern, die Empfindung des Kissens unter dem Kopf von einer Seligkeit, wie ich sie selten erfahren habe, auch nicht in meinen schönsten Illusionen. Und als ich den Kopf bewegte und ihn ihr auf die Hand legte, ist all die Müdigkeit verflogen und ich mit ihr. Es war, als erwachte ich zur Kindheit. Ich fühlte für sie eine Nähe und ein Zartgefühl, derart, daß es unvorstellbar wurde, mich davon zu trennen.
Wäre die Müdigkeit demnach eine Art Vor-Tod, die uns empfänglicher für das Leben macht, uns tiefer an die Liebe bindet? Deshalb also besänftigt und eint sie, entflicht unsere Verflechtungen und nähert unsere Körper an an die Natur, bereitet sie derart vor, zu verschmelzen mit dem, was sie umgibt? Die Erschöpfung als Genese, als Schöpfung, verflüssigt den Körper, infiltriert ihn überall, haucht ihn aus gleich dem Äther. Sie ist wie ein anderer Körper im Innern des Körpers. Sie geht aus vom Sinn und ändert so das Bild des Körpers von sich selbst – gleichwie die Bilder seiner Beziehungen zum anderen und zur Welt. Mit und in dieser Müdigkeit löst meine Vernunft sich auf in meinen Gliedern, und mein Körper wird zum transparenten Raum: kein angekettetes Denken und keine eingekerkerte Logik mehr, sondern eine Kindheit, welche schwimmt

in einem Meer der Köstlichkeiten, welches sie nicht erklären kann, ein Schmetterling, der, fliegend, nicht weiß, warum und wohin.

Müde,

und die Erde ist meine leichteste Last. Und zugleich genieße ich die größtmögliche Ruhe. Als bestünde das Leben einzig aus Verzauberung.

Dein Freund,
Adonis

Athen, am 9. August 1998

Lieber Adonis,

es widerstrebt mir, zurückzukehren zu den Orten meiner Kindheit. Gar zu sehr haben sie sich verändert, und gleichermaßen ich. Man beklagt sich über die Stätten, die zu gleichförmigen Märkten werden, aber wir selbst tun alles, um zum Fußvolk der neuen Städte zu werden und uns anzugleichen an Dekors, welche wir nicht ausgewählt haben. Und zudem gibt es jene Angst, nicht einmal das kleinwinzigste Gefühl unserer Vergangenheit wiederzufinden; Angst, nichts mehr zu empfinden beim Vorbeigehen am Haus des Arztes, wo man uns Kinder einst hinbrachte. Zurückzukommen in die Straße, wo man einst lebte, und dort zu gehen heißt, neu jenen Verlust der Liebe zu fühlen, zu dem es kam in einer Zeit, da die Hysterie der Freiheit auflauerte mit fremden Waffen – und großzügigen Ideen, was gefährlicher ist als das Feuer. Sehr früh begreift man (oder man begreift es nie), daß unser Vaterland jenes ist, welches das Dogma bekämpft, die Idee, mit Hilfe des Reellen. Wie auch immer: ich habe keine Achtung vor gleichwelcher Nostalgie.
Der Bürgerkrieg und die Grundstücksspekulation, Spekulation gegen das Leben selbst, all das, was unsere beiden Städte erlitten haben – und wie Du siehst: an einen Freund zu denken bedeutet auch, oft an seine Stadt zu denken. Aber da ist das Licht –

der Vorwand für das Blut und dessen Kelch, sein schönstes Denkmal. Die Ruinen sind das modernste an Athen. Indem ich die Geschäfte durchstreife – die Athener sind verrückt nach Kaufläden –, schärfe ich mir ein, daß die Nationalität derer, die Gedichte schreiben, damit die Sprache fortbesteht, das Land des Umherirrens ist und die Sprache, das andere Ufer.

Die Städte des Mittelmeers können sich alle Zustände und alle Alter leisten, sogar jedes Regime; denn sie fressen all das sehr rasch auf. Die Kindheit und das Alter gespenstern durch ihre Straßen, die geprägt sind von der ganzen Feindseligkeit, aber auch Brüderlichkeit der Welt. Sie sind undefinierbar, ihre Identität ist verschwommen. Doch kann ich mir keine Kindheit fern ihrer Gestade vorstellen; keine Jugend ohne den erotischen Blick und den Geruch, die ihnen eigen sind; keinen Tod ohne die Würde, vom Sonnenschwert auszugehen, gezückt gegen die Zeit.

Was bleibt von all diesen Unglücken, von all diesen Tragödien, wenn nicht ihre Wiederholung? Vielleicht ist sie es, von welcher sich jener anderswo nicht anzutreffende Freiheitssinn nährt. Und außerdem sind die Ruinen eher da, die Historie zu verdecken, als sie zu offenbaren; denn es gibt Momente im Leben, da das Gedächtnis unfähig ist, des Gewichts der Fakten Herr zu werden. Das Konkrete ist ebenso tief wie der Ozean, ebenso gewaltig wie der Sturm, und in einem bestimmten Moment schafft man es nicht mehr zu kämpfen, zu widerstehen, sich zu rechtfertigen. Also gibt man auf, und das Vergessen fegt alles weg, so wie es tausend Jahre der Leben in Byzanz weggespült hat, sie für immer vernichtend. Es hat sogar den Namen jenes Reiches ausgelöscht. Was bleibt? Bücher, welche erzählen, aber außerstande sind, das lebendige Gedächtnis der Gesichter wiederzuerwecken, der Körper – das Leben. Was bleibt, ist ein Formenspiel, der Archäologie und der Museumskunst. Die Welt ist taub, sie hört nie, sie redet, und ihre Stimme ist jene der vergangenen Zeit. Mit der Gesellschaft, selbst mit der geschlossensten, ist es möglich zu kommunizieren, verstanden oder ignoriert zu werden; man kann sie anbeten oder auskotzen; mit der Welt aber …

Doch gibt es etwas, das ihr widersteht: der Schmerz der Kindheit, den ein Dichter, Sophokles, mit dem (heutzutage kommerzialisierten) Ödipus klären und vertraut zu machen wußte. Nicht das Leiden, das noch so wilde und das allein die Humanitärfunktionäre interessiert – sondern das andere, das unsichtbare und unsagbare. Wußte die Mutter des Ödipus, daß ihr Neugeborenes ein Gesandter des Todes war? Hatte sie, die Mutter, das gewünscht? Das ist die stumme Wunde, durchscheinend im Gedicht, welche die Kraft gibt, die Zeit zu besiegen. Die Poesie ist mir zugänglich allein in der Exaltation und in der Nötigung. Und ich bewundere Dich für Deinen geradezu manichäischen Glauben an sie. Der Schrei, den Du ausstößt, entspricht Deiner Luzidität.

Mitten im Sommer, lieber Freund, habe ich Dich da in den Schlund einer langen Diskussion gezwängt. Du weißt ja: unter der Sonne vom Glück oder vom Unglück zu reden, das kommt auf dasselbe heraus.

Ich warte auf Nachrichten
von Dir,
Dimitri

Paris, am 15. August 1998

Lieber Dimitri,

vor fast zwei Jahren, im November, fuhr ich in jeder Woche zwischen Princeton und New York hin und her.
In Princeton: einerseits die Sonne auf den Anblikken, andrerseits, gleich vorherrschend, die Kälte in der Sinneswahrnehmung. Als entstünde der Winter eher von innen heraus als von draußen.
Die Bäume der Stadt glichen derart Müttern, welche, Blatt um Blatt, ihre Kinder verlieren. Es gab keine reinere und mehr bezeichnende Traurigkeit als dieser zarte Stoff, zum Teil sich regend; die Blätter verstreut auf der Erdoberfläche.
Ich konnte da nur schreiben mit der von den Fingern der Bäume geschlagenen Tinte, wobei ich meinen Kummer in die Farbe der fallenden Blätter tauchte. Ich war mehr oder weniger überzeugt, daß alle meine Schmerzen herrührten von der Periode, da die Bäume in den Herbstarmen schlafen. Mit einem Murmeln riet ich meinem Körper, den Tod zu akzeptieren, oder wenigstens den Übergang in die herbstliche Jahreszeit. Aber er sträubte und mokierte sich.
Ich glaube, das Glücksgefühl – das vollkommene – ist so etwas wie eine besondere Gabe, die mir offensichtlich fehlt.
Je mehr ich an die Zeit dachte, an ihr Vergehen, desto perplexer war ich, wie erschreckt. Denn sie vergeht,

indem sie unsere Körper dahintreiben läßt mit deren Begehren und deren Seufzern, mit sich führend auch unsere Werke und Worte, doch nur, um die alsbald loszuwerden; sie gibt ein bißchen davon ab an das, was man die Historie nennt, und wirft den Rest in den Ozean des Vergessens. Was sie freilich der Historie überläßt, ist selten das, was es an Tiefem, Wahrem und Bedeutendem gab. Sie drückt also nur zum Teil, oder bloß dem Anschein nach, die wirkliche Tätigkeit des Menschen aus. Fügt man dem den anderen Teil der menschlichen Tätigkeit an, die Werke der Kunst – Poesie, Photographie, Skulptur, Architektur und Musik –, so ergibt sich, daß auch das tägliche Leben des Menschen, mit seinen Leiden, seinen Sorgen und seinen Augenblicken auf des Messers Schneide, zum Ozean des Vergessens gehört.

So meine Frage an die Morgendämmerung:
Wozu dich erwarten?
Sagt mir: Was tun?
»Beobachte den Lauf des Salzes. Du wirst sehen, es ist uns emporgestiegen aus dem Grund des Wassers, es trieb nicht an dessen Oberfläche, den göttlichen Geistern gleich, von denen die Legenden reden.«

Das brachte mir eine Frau bei, der ich begegnete in einem sozusagen italienischen Café und die vorgab, indianischer Abstammung zu sein; ihre Züge ließen das auch glauben.

Sie fuhr fort: »In der Natur ist alles das Gefangene von allem, ausgenommen der Tod. Wer in sich den Todeswillen ausbildet, lebt immer an der äußersten Grenze der Freiheit, unbesiegbar.«
Als wir dann auseinandergingen, kamen von mir unerklärliche Worte. »Wenn der letzte Mineralienhorizont der erste Pflanzenhorizont ist, der letzte Pflanzenhorizont der erste Tierhorizont, der letzte Tierhorizont der erste Menschenhorizont, dann ist der letzte Dunkelhorizont notwendig der erste Lichthorizont, und er ist jetzt nicht mehr sehr fern.«
Nicht mehr sehr fern? Das ist nicht gewiß. Denn die Straßen, die Bäume und die Cafés entblößen sich allein den Augen der Liebenden.
An einer Kreuzung: eine schwarze Gedenktafel für Martin Luther King in der Mitte eines winzigen Gartens, kaum von der Größe eines Handtellers, vor einer kleinen Kirche in Princeton. Mein Weg zwischen Wohnung und dem Büro in der Universität führt mich täglich daran vorbei. Es war, als stecke der Ort rundherum in einem zerrissenen Hemd, der Tag schläfrig verkrochen im Regenbett. Viel Schatten war nötig, damit das Licht oberhalb der schwarzen Tafel sichtbar wurde, mitsamt der Inschrift, die ich folgend übersetzte: »Ich glaube, diese Nation wird eines Tages erwachen und den wahren Sinn dessen verkörpern, woran sie glaubt.« Martin Luther King. Geboren 1929. Ermordet 1968. Rund um die Tafel sah ich kleine Blumen, deren

Farbe – auch sie – zart überging in das Schwarz – als wäre das nicht mehr sehr fern.

Am Morgen –

Die Wolken trieben langsam über die Baumwipfel, als mich etwas Unlogisches an dem Wind weckte, der durch das Zimmerfenster kam. Die Morgendämmerung war da noch nicht sichtbar; Nacht herrschte.

Tag, verbrecherisches Grün,

Was hat der Traum dir getan, daß du ihn tötest?

Auf also nach New York – um Ninâr, meine Jüngste, zum Heimflug nach Paris zu bringen.

New York, ein Vierteljahrhundert nach meinem ersten Mal da: die verheißenen Paradiese sind immer noch unauffindbar und die Höllen weiterhin unersättlich.

New York –

das Stroh als die *andere* Wurzel, und in der Luft das Grauen. Ich habe gehört, wie es den Kirchen das Weinen befahl, den Straßen das Stöhnen. Als nehme die Zeit mich an der Hand, um mit dieser weiße Vögel zu erdrosseln.

Aber wer von der Konsumgier New Yorks redet, darf keinesfalls sein frenetisches Produzieren vergessen. So wird er von der ersteren besser reden, in dem Maße, in dem er die Geheimnisse der zweiteren versteht.

New York –

der Tag, als rastloser Arbeiter, fängt die Tränen der

Menschen auf, um mit ihnen die Nacht-Urnen zu füllen.
Den einen streckt der Beton New Yorks Seidenarme entgegen, für andere verkehren die Wolkenkratzer mit den Engeln. Ich werde mich da nicht einmischen. Sicher ist mir, daß vor einem jeden Stein ein Teufel hockt – sonderbar engelhaft.
Ich fasse mich am Kopf, vergewissere mich, daß er immer noch zwischen meinen Schultern steckt.
Kälte, doch die Sonne rankt ihre Strahlengirlanden um die Hochhäuser. Kälte; und jene Herbstfeder, die allein in der Zeichnung der Nacktheit – vor allem der Bäume – aufstrahlt. Kälte; und siehe, die Zeit schaltet sich aus am Fuße der Sonne, zuoberst, auf einem blauen Turm am Gipfel des Himmelsglobus.
Jene Kälteempfindung dehnt sich aus in mir. Kommt das von Ninârs Abschied? Sie hat ihre Schritte hinter sich gelassen, in Princeton und in New York, ist zurückgekehrt nach Paris. Ihre Gegenwart gab Wärme, wie eine andere Sonne.

Dein Freund,
Adonis

Amorgos, am 18. August 1998

Lieber Adonis,

das steinige Terrain, das in Treppen zum Meer hinabführt, gerade vor mir, gehört zu einer Insel, welche trockener, gelb und weiß, erscheint, als sie ist. Ihre Nacktheit, typisch für die meisten Inseln der Ägäis, fordert nichts von mir, weder Liebe noch Bewunderung. Aber sie lehrt mich den täglichen Gebrauch der Freiheit; zu navigieren zwischen Eingeschlossenheit und der hohen See. Die ganze Insel ist ein Territorium, wo sich die Freiheit einübt: man selber sein, in seinen Begrenzungen, sich öffnen der Welt. Die Inseln berühren uns, weil die Schönheit ihrer Gestalt nicht viel besagt, nicht mehr als eine Postkarte; und zugleich ist ihre leibhaftige Präsenz einzigartig, mit ihren eigenen, von ihr anerkannten Grenzen.

Zur Linken, einige hundert Meter weit weg, zeigt diese Landschaft einen Teil ihres Gedächtnisses in der Form von Ausgrabungen, die seit langem eingestellt sind. Aufgegebenes Gedächtnis, Gräber oder Wohnstätten der Antike: die Reste, ein, zwei Meter unter der Erdoberfläche, scheinen niemanden zu kümmern. Gestern sah ich von weitem, wie zwei junge Touristen um sie herumgehen und für einen Moment stehenbleiben und dann den Weg fortsetzen zum Strand, der verdeckt ist von einem langgezogenen Hügel. Der einzige, der sich wirklich da-

für interessiert, das ist der Besitzer, dem auch die Taverne am Wegende gehört. Das archäologische Amt hat ihm die Bewirtschaftung untersagt, und seit vier Jahren ist ihm eine Entschädigung, die kaum je eintreffen wird, versprochen. Auch das gehört zum Gedächtnis, ist ein Teil unseres Lebens, welches sich fortsetzt unter unseren Füßen und ohne das es unmöglich ist, die uns zusammensetzenden Elemente zu vereinen, die fehlenden Stellen des Textes, die uns ausmachen.
Zur anderen Hand, zur Rechten, zeigt sich ein Stück Strand. Dahinter das Meer. Ohne es wären die Inseln nur Schlösser in der Einsamkeit; es öffnet der Erde die Arme, die Pforten der Welt. Gerade davor ein Feld, mit ein paar um eine kleine Hürde aus braunem Blech gescharten Schafen, einige Ferienhäuser und ganz im Hintergrund ein weißes Dorf, auseinandergewürfelt, mit unvollendeten Betonbauten, den einzigen unsinnigen Linien in dieser Landschaft. Die Dinge sind demnach so, wie man sie erwartet – mitsamt ein paar Motorrädern, die knattern auf den Wegen der Hügelflanke. All das läßt den Blick unberührt, für sich sein und verpflichtet einen zu nichts anderem, als seine Worte zu messen an der Stille und sich völlig frei in seinem eigenen Rhythmus zu bewegen. Doch herrscht hier ein Wind, von weit draußen am Meer, welcher die Wolken durch die Dorfgassen treibt. Ein kaltes Streichen durch die Haare. Die Nacht dringt senkrecht ein

durch die Türen. Etwas Größeres als das Glück: die Freiheit.
Im vorigen Sommer habe ich zehn Tage auf der Insel Lesbos verbracht, deren Gassen, Felsen und die langen, von den herandonnernden und warmen Wellen gepeitschten Sandbänke mir eine Freiheit zurückgaben, welche ich mir vorher bloß einbildete. Und doch gelingt mir keine körperliche Erinnerung an all jene Elemente; es ist, als kämen die immerzu aus einem Tagtraum. Wie in der Liebe imprägniert uns der Ansturm des Gelebten auf Dauer, und es gibt keine Wörter mehr für gewisse Augenblicke, die sich in uns festgesetzt haben – diese sind gar zu brennheiß. Was mir gleichwohl bleibt: eine Art von Trunkenheit zwischen den Mauersteinen in der Farbe getrockneten Bluts und einige Olivenbäume, deren Strünke etwas von ausgewrungenen Lappen hatten.

Auf bald,
Dimitri

Paris, Mitte August 1998

Lieber Dimitri,

zwischen uns Arabern und Euch Griechen besteht eine uralte Freundschaft: die Freundschaft der *Vernunft*, der menschlichen und universellen. Gewisse Araber haben so einige Eurer Symbolgestalten – Platon, Aristoteles, Pythagoras, um nur sie zu erwähnen – in den Rang von göttlichen Weisen, gar Propheten erhoben.
Was nun ist mit dieser Freundschaft geschehen? Ist auch sie ins Maschinenzeitalter eingetreten?
Ich gestehe, letzte Nacht schlief ich ein in der Hoffnung, im Traum die schönen Bilder unserer Zukunft in unserer gemeinsamen orientalischen Mittelmeersenke zu sehen. Aber ich hatte bloß einen Haufen Albträume. Im Aufwachen stürzte ich mich demnach in die obskure Realität, und indem ich sie an mich drückte und anrief, erbat ich ihre Vergebung und ihr Zutrauen.
Gleichermaßen beeilte ich mich, in einigen Büchern zu blättern, wo die Kindheit unserer Historie evoziert wird; doch zu meiner Überraschung haben die mich zurückgeführt in meine eigene. Ich träumte da von Schiffen, welche die Ufer mit sich in ihr Kielwasser zogen. Ich bespähte meine hübsche Nachbarin und sah, wie die Rosen des Gartens sie zur Verbreiterin ihres Dufts gewählt hatten. Ich meinte da auch, die Sternschnuppen transportierten Leute

oder Post. Indem ich die Seiten wendete, glaubte ich sogar, die Stimme meines Vaters zu hören, wie sie zu mir sprach: »Nein, mein Sohn, nicht alle Fruchtbäume sind gesegnet.« Und dann sagte er: »Geh in deinen Schatten, wenn du hinaus ins Licht gehen möchtest.«

Heute, während eines Kurzbesuchs bei einem Freund, fragte mich dessen etwa zehnjähriger Sohn, indem er meinen kleinen Schnurrbart beäugte: »Rasieren auch die Engel ihre Schnurrbärte?« Zu meiner Überraschung wußte ich nicht, was ihm antworten. Ich versprach ihm aber, die Eingeweihten zu fragen und ihm deren Antwort darauf zu übermitteln. Aber wo halten die sich bloß auf?

Meine Unwissenheit erstaunte den Buben, er schien nicht überzeugt. Ein klein wenig aggressiv fing er wieder an:

– Und warum bist du dann Dichter?

Diese Frage war noch schwieriger. Der Bub wartete auf meine Antwort.

Ich sagte mir, es sei besser, das Gespräch zu beenden, und so antwortete ich ihm mit diesem sibyllinischen Satz:

– Weil ich nur reden kann mit einem Unbekannten, der nicht redet.

Das Kind kniff die Lippen zusammen. Die Unterredung war beendet.

Doch hatte der Bub gleich ein großes Buch genommen, das er vor mir öffnete, und er zeigte mir die

schönen Illustrationen. Es war ein Buch über Córdoba. Ich sagte zu ihm:
– Kennst du Córdoba?
– Nein, aber mein Vater hat versprochen, mich mitzunehmen. Und du, kennst du's?
– Ja, ich war dort einmal, am 10. Mai 1998.
Córdoba brachte uns einander näher. Ich spürte, daß er mich zunehmend gern hatte. Wir sind Freunde geworden.
Woraus besteht jene Art von Magie, welche von der Kunst ausgeht, wenn sie »vergangen« ist? Bei meinem Aufenthalt in Córdoba hatte ich die Gelegenheit, unmittelbar, und ebenso auch auf dem Weg über einzigartige Kunstwerke, zu erfahren, wie der »Inhalt« der Kunst beruht auf der Tiefe, die geschürft wurde von der »Form«. Beim Betrachten der Moschee von Córdoba konnte ich mein Staunen nicht mehr zurückhalten und ebenso nicht mein Fragen: wie nur ist es in der Kunst möglich wiederaufzunehmen, ohne zu wiederholen, oder zu wiederholen, ohne wiederaufzunehmen? Und diese anfängliche und wiederholte Wellenlinie, wodurch unterliegt sie der Unendlichkeit? Ich war wahrhaftig vor den Kopf gestoßen von der im Zentrum der Moschee errichteten christlichen Kirche (und sagte das auch vielen spanischen Freunden, und sie hatten das gleiche Gefühl). Ich sage: Ich wurde von der Kirche vor den Kopf gestoßen, *künstlerisch,* denn sie erschien mir, mit ihren lastenden Elementen und

Blöcken, in ihrer Dichte, ihren Farben und Räumen als eine imposante »Armee«, samt Schildern, Lanzen und Schwertern – hingestellt da vor die Moschee, diesen durchsichtigen und magischen Raum –, oder als ein bewaffnetes »Tribunal«, welches brüllt: Ergib dich, und auch du, und auch ihr, ihr Gewölbe, Säulen, Farben, Linien, Türen,
wo sind die Schlüssel?
Ich sagte mir:
Die Moschee von Córdoba ist der Horizont
wo die Kirche ihr bewaffnetes Lager aufgeschlagen hat.
Und ich sagte: die »Kunst« dieser Kirche sollte um Vergebung bitten beim Glanz Christi, wenn sie auf Vergebung aus ist durch die Schönheit der Moschee.

Dein Freund,
Adonis

Paros, 20. August 1998

Lieber Adonis,

seit zwei Tagen versuche ich, Dir zu schreiben, aber die Zeit hier erlegt einen Rhythmus auf, der mich kaum entläßt aus den Elementen – Meer, Wind, Licht –, welche wiederum mich hin zum Horizont ziehen, das heißt weit weg vom Papier. Hier herrscht eine wahre Tyrannei des Lichts: es blendet nicht, tränkt vielmehr alles, gibt der Zeit eine Dimension, eine leibhaftigere, und zerstückelt sie. Der Okzident, den wir bewohnen, ist im Grund ein Verhältnis Raum – Zeit, aber hier, und Du weißt das ebenso, herrscht die Zeit – als – Licht. Der Orient hat alles erfunden, die Götter und Gott, doch sie alle sind Komplizen des Lichts geworden. Wie uns, nackt, verteidigen? Wie unsere Ganzheit bewahren?
Das Licht, es zieht wohl die Musik an. Gestern abend, beim Vorbeigehen an einer Platten- und Kassetten-Bude, habe ich ein altes Lied gehört, das mich seit jeher rührt. Es wurde seinerzeit gespielt vor dem Film, im Freilichtkino meiner Kindheit. Aber jedesmal, wenn ich das Lied seit damals, so wie ich es irgendwo höre, nachsumme, ist mir, als stünde mir eine Gefühlskatastrophe bevor. Nostalgie und Aberglaube gehen Hand in Hand; eine populäre Melodie wird beängstigender als der Trompetenschall der Apokalypse.
Ich möchte Dir ein bißchen besser die kleine Stadt

hier beschreiben, die auch der Hauptort ist. Rund um den erwähnten Laden gibt es eine Menge von Geschäften, Obst, Kleider, Lokalprodukte, einen Bäcker, Cafés, aber auch zwei Kirchen. Und all das besteht miteinander. Tavernen grenzen manchmal an Kultstätten, das Heilige hält keinen Abstand zum Handel. Zugleich ist jeder bei sich, nichts ist vermengt; der Respekt vor dem Territorium des anderen ist ein streng befolgtes Ritual.

Kaum weg von der, ja, Hauptstraße verebben Lärm und Gelächter vor einer Kirche. Gleich dahinter, dem Meer zu (es ist überall) die Mauern einer Befestigungsanlage, erbaut vor einigen Jahrhunderten, mit den Marmorsteinen eines der Aphrodite geweihten Tempels. Hier, am höchsten Punkt der kleinen Stadt, wird nichts verkauft. Beim Hinuntergehen habe ich daran gedacht, Dir Ansichtskarten zu schicken. Ich bin davon abgekommen. Aber die einzige, die ich gekauft habe, wirst Du in ein paar Tagen bekommen. Sie zeigt eine antike Maske, die wirklicher erscheint als ein Gesicht.

Die Insel hier ist seit langem recht bekannt, und mir kommt Odysseas Elytis in den Sinn, über den Du mir im letzten Jahr gesprochen hast und der sie sehr gern hatte. Aber die Dichter, welche Reisende und also Feinde der Touristen sind, haben alles getan, um diese Inseln bekannt zu machen, genauso wie für die machtvollsten Orte, die geheimsten Stätten. Ist Dir aufgefallen, wie die Sprache fähig sein kann, den Weg hin zum Bild zu öffnen? Indem er die Inseln der Ägäis zum Heiligtum und Fruchtboden einer nackten und unzähmbaren Grazie erklärte, hat unser Freund Elytis zweifellos eine Wahrheit ausgedrückt, die Möglichkeit eines wahren Lebens für die Moderne, und andererseits hat er auch den Vorwand geliefert für leichthin korrumpierende Realitäten.

Die Straßen hier riechen gut.

Heute abend habe ich, auf der Terrasse, entdeckt, daß der Wind von Ort zu Ort mit den Bäumen und allem, auf das er stößt, Stromdrähten, offenen Fenstern, Türen, seine spezielle Musik erzeugt.

Dein Freund,
Anaïl*

PS: Und, siehe, unser kollektives Geschick. Du bist davon gequält, ich bin davon besessen. Araber und Griechen – wir sind im Stich gelassen worden von der Historie. Wen aber haben wir verraten, bevor uns das gleiche zustieß? Waren das unsere Freunde, die nackten Götter mit den großen Marmoraugen, die, die uns beibrachten, gut zu sterben, um gut zu leben? Ich habe Lust zu schreien: Araber! Córdoba wirft seinen Schatten voraus!

* arab.: »ich niemand«

Palermo, Sonntag, 20. August 1998

Lieber Anaïl,

ich schreibe Dir aus Sizilien, aus Palermo; unweit von Erice, dem Dorf, welches Odysseus durchquert hat. Ich bin gestern angekommen, am Samstag. Man hatte mir ein Zimmer in einem neu erbauten Touristenhotel mit Meerblick reserviert – mit Blick auf jenes Mittelmeer, von dem Du in Deinem ersten Brief sagst, es sei das zugleich abgeschlossenste und offenste der Meere. Das Hotel gleicht wirklich einem Spital, die Zimmer mit drei oder vier Betten, je nach ihrer Größe, und einem durch eine Häuserreihe behinderten Blick. Inmitten befindet sich die Festung, von der die kleine Stadt hier ihren Namen hat: Castello Ammari Del Golfo. Allein das Fenster meines Zimmers geht über einige Ecken und Kanten auf ein kleines Stück des Meeres; der Blick muß mehrere Hindernisse überwinden, die das Sehvergnügen völlig zunichte machen.

Es war schon elf Uhr nachts vorbei.

Ich habe mir gesagt: nein, es geht nicht, ich kann hier nicht schlafen. Man hatte mir schon die Wahl zwischen mehreren Zimmern gelassen, eines schlimmer als das andre. Ich bin zornig geworden, habe meinem Begleiter gesagt: Ich möchte zurück nach Paris. Aber wie?

Der Mann flehte mich lieb an: Ich verstehe Sie, und Sie haben recht. Aber das ist das einzige Hotel hier. Die anderen Hotels sind alle in Palermo, und das ist mehr als eine Autostunde weg, und es ist bald Mitternacht. Bitte, versuchen Sie, diese eine Nacht hier zu verbringen, und morgen sehen wir weiter.

Versuchen.

Das Hotel heißt »AL MADARIJ«. Das Wort stammt aus dem Arabischen, und es bezeichnet die Treppe oder die Sprossen einer Leiter. Ich sagte mir: das sind die Stufen des Abstiegs zur Hölle.

Wie kommt jemand auf die Idee, ein Hotel zu bauen als Spital oder als Gefängnis? Die Stadt ist schön – ein kleiner Golf mit allen möglichen Schiffen. Doch dieses Hotel entstellt – so bilde ich's mir zumindest ein – in den Augen seiner Insassen die Schönheit der Stadt. Ich dachte da an den üblichen Mittelmeermenschen; warum wird er derart beherrscht vom Instinkt des Investierens, der Geschäfte und dem Eigeninteresse? Wie kann jemand, imstande, Meer und Sonne zu verkaufen, irgendeine Beziehung zur Kunst und zur Poesie haben?

Ich hatte einige Bücher mitgenommen, darunter *Das Florenzer Tagebuch* von Rilke. Es tat mir gut, darin zu lesen, daß die Kunst gewissermaßen die Zeit und das Volk »überspringt« und den schöpferischen Geist, abseits vom Weltgeschehen, verknüpft mit einem anderen Schöpfergeist, auch der isoliert von allen.

Ich habe versucht, die Nacht zu verbringen.
Am Morgen wollte ich ein Frühstück. Ich habe mich also auf den Weg in das sogenannte Restaurant gemacht. Ich habe ein Yoghurt geöffnet: es war völlig verschimmelt. Ich habe gesagt: Das fehlte noch. Und ich habe meinen Tag begonnen mit Fasten.
Bald erschien mein Begleiter mit der Tochter dessen, der mich eingeladen hatte. Er sagte mir im Ton einer Entschuldigung und in großer Verlegenheit: »Das Hotel ist ganz neu, wir haben es nicht gekannt. Wir sagten uns: die Stadt ist schön und zudem ganz nah an unserem vorgesehenen Zusammenkunftsort, AL CAMO (auch dieses Wort ist arabischen Ursprungs). Wir hätten es vorher besichtigen sollen. Tausendmal Entschuldigung.«
Der mich hierher eingeladen hat, heißt Ludovico Corrao. Er leitet eine große Kulturstiftung, die Fondazione Orestiadi. Er gehört der Linken an, ist zugleich Mitglied des italienischen Senats. Während des Erdbebens von 1968 wurde ein ganzes Dorf, mit Namen Jabbalina* (»Berglein«) zerstört. Seine Einwohner wollten es verlassen und auswandern, aber dieser Mann stellte sich ihnen entgegen: er lehnte das Emigrationsvorhaben ab und verpflichtete die Dörfler zu bleiben und ihr Dorf neu aufzubauen. Und das geschah auch. Der Mann hat dabei das Dorf in eine Art Freilichtmuseum ver-

* dschabel, arab.: Berg

wandelt. Zur gleichen Zeit gründete er seine Stiftung, um in Jabbalma und in den Nachbardörfern Kulturtreffen zu organisieren. So hat er Denker, Artisten, Poeten, auch Theater-, Musik- und Tanztruppen aus allen Weltwinkeln eingeladen.

Antonella, seine Tochter, brachte mich in ein anderes Hotel, der Luxusklasse, in Palermo. Das »Grand Hotel Villa Egea« hat eine herrliche Lage am Golf von Palermo.

Aber warum erzähle ich Dir diese Einzelheiten?

Vielleicht, um Dir ein lebendiges Bild zu vermitteln von dieser mittelmeerischen Realität, welche Du im übrigen gut kennst und die hier in Sizilien sich verkörpert, die gleiche Wirklichkeit, die auch die antiken Griechen kannten und nach denen die Araber – anders gesagt, da, wo wir einander »begegnet« sind, vor schon sehr langer Zeit. Vielleicht auch, um zu zeigen, wie die Widersprüchlichkeit, das Chaos und die Gedankenenge unser tägliches Leben mitbestimmen. Vielleicht auch zum besseren Verständnis des Wesens des Verhältnisses zwischen dem Dichter und dem andern: die einen scheren sich nicht um ihn; die anderen stellen ihn auf den höchsten Sockel. Vielleicht auch als ein Anstoß, unseren Dialog von dieser Realität aus anzugehen, mit ihren augenfälligen und trivialen Einzelheiten.

Die im Hotel Villa Egea verbrachte Nacht hat mir erlaubt, mich von der Schlaflosigkeit der Vornacht zu erholen. Der Morgen war großzügig: er nahm mich an der Hand hinaus zum Strand des Golfs, wo ich bat, überzugehen in die Liga der Wellen, nachdem ich eine Möwe ersucht hatte, mich da vorzustellen.

Dein Freund,
Adonis

Ios, am 22. August 1998

Lieber Adonis,

an manchen Morgen wache ich sehr früh auf, mit dem einzigen Wunsch: die Worte wiederzusehen, mit denen ich gearbeitet habe, die ich geschrieben habe an den Vortagen. Es geht dabei nicht darum, mich einzuschließen in einen Kontrollturm, sondern sie zu zählen, so wie man Schafe zählt oder Geldstücke, sie zu überprüfen, ob sie müde sind, abgebraucht oder gar zu kostbar – ob sie recht sind, ob sie am Platz sind.

Es ist in der Morgendämmerung, dieser zwitterhaften Zeit, da sich die Farben noch nicht gebildet haben – das gleiche nachnächtliche Hellgrau in sämtlichen Breiten –, daß mich die Sehnsucht packt, diese Worte wiederzusehen, welche dem, was in mir geisterte, eine Fassung gegeben haben, eine von mir getätigte Ordnung auf dem Papier. Sie klar zu machen und nicht leserlicher, das ist eine Aufgabe, die mich in Beschlag nimmt; denn sie nutzen sich beim Gebrauch sehr rasch ab und werden trübe und nichtssagend. Man hat an sie zu denken wie an Navigationsinstrumente für ein Boot, das sicher in See stechen kann nur, wenn all seine Geräte in Ordnung sind, sauber, zuverlässig, in perfektem Zustand, vom Kompaß bis zur Takelage.

Eingespannt sein in die Wörter heißt, die Zeit deren Rhythmus zu unterwerfen. Die Landschaft, die untergehende Natur, sie trugen viel bei zu dieser Konzentrationsarbeit, ebenso wie die Mauer hinter meinem Tisch. Die Örtlichkeiten hier sind wie das weiße Papier, sie drängen sich nicht auf, sie lassen atmen. Das ist ihre Größe: da zu sein, ohne zu erdrücken. Die Kykladen sind einzigartig, weil sie weder imponierend sind noch grandios; auf ihnen kann man mehr man selber sein als anderswo. Lichtreich, welches die Identifikation mit allem erlaubt, die Präzision. Schroffe Küsten und Strände zum Empfang der hohen See. Was die Architektur betrifft, für mich das Grundelement einer Zivilisation, so ist sie arm. Sie ergänzt die Natur; denn nicht dieses Gebäude, jener Tempel oder jenes Haus ist es, das der Landschaft Adel verleiht, sondern jene einfachen Mauern sind es, jene aufeinandergeschichteten trokkenen Steine, das Verhältnis eines dürren Feldes zu der Hütte gleich daneben. In der Nähe eines kleinen Hügels, der für eine Stunde die Morgensonne abhält, gibt es ein Stück Land, begrenzt von einer Brüstung aus hellen Steinbrocken, darunter eine kleine, weiße Kapelle, etwas wie ein gekalktes Zimmer, überragt von einem kaum sichtbaren Kreuz. All dies Gefüge, entstanden allein zum Gebrauch, hat sichtlich nichts Ausgeklügeltes. Es kommt aus der Notwendigkeit, und das gleiche gilt für den Gebrauch der Wörter – jener Wörter, welche Du so gut

zum Aufleuchten bringst, in einem unversehens befreiten Licht.
Aber ich hab's eilig, vom Papier loszukommen und mich dem Meer entgegenzuwerfen.
Eins noch: ich möchte Dir mit demselben Ton, denselben Gesten schreiben, mit denen ich zu Dir rede. Wie jedoch schreiben, wie man spricht, den Satz gleich einfach zu machen wie den Laut der Stimme? Diese Frage kann ich vollständig beantworten; ich habe sogar Praktiken – keine Theorien, die verraten die Sprache –, wie das »Herausschreien«, das die Poeten übten lange vor Flaubert. Aber was ich auch tue: diese Frage wiederholt sich. Es ist, als bestehe sie, um unendlich oft wiederzukehren, damit die Antwort keinmal dieselbe sei. Da bleibt ein Platz für den Körper. Dir zu schreiben heißt für mich, Dich besser kennenzulernen

und Dich herzlich zu grüßen,
Dimitri

PS: Zur religiösen Architektur: die Moscheen mit ihren Kuppeln gleichen den orthodoxen Kapellen, beide haben sie Schiffe mit einer oder mehreren Stützen. Doch während die orthodoxen Glockentürme dastehen, um die Häuser zu wecken – sie sind bezogen auf die Luft und den Klang –, zeigen die Minarette, bestimmt für Stimmen, himmelwärts.

Ich denke auch an Deinen Brief, in dem Du mir von New York erzähltest. Du hast recht. Im Grund simplifiziert die Modernität, wie sie sich ausdrückt in Amerika, auch die Verleugnung des Da-Seins zugunsten des Wohl-Seins.

Palermo, Montag, 25. August 1998.

Lieber Dimitri,

der Golf –

mir ist, dieser Strand gehöre mir; denn wenn ich ihn auch nicht im Wortsinn »besitze«, so stellt er doch einen Ort dar, durchquert von der Historie und der Kultur, die meine Ausgangspunkte sind (wie im übrigen auch für Dich). Die Gegend ist derart Teil nicht bloß meiner kulturellen Geschichte, sondern gleichermaßen meiner eigenen Bilderwelt. Ich streife sie freilich nur. Was die Bewohner und Erbauer der Gegend angeht, so haben sie da ihre Spuren hinterlassen, zumindest einige, vor allem in den Architekturen, den Gravüren und den Schriften. Außerdem sind von ihnen unsichtbare Abdrücke übrig, welche man gleichwohl erahnen kann, beim langsamen Gehen in den Straßen des alten Palermo, wenn man fähig ist, aus der Alchimie von Raum-und-Zeit die Essenz der Historie zu destillieren. Was mich angeht, werde ich nichts als eine vorbeiziehende Wolke gewesen sein. So wie die anderen Passanten werde ich nirgends einen Platz haben, nicht einmal da, wo ich geboren bin. Das Menschenwesen ist bloß der Passagier des Raum-Zeit-Schiffs.

Der Strand –

Schaum der Tage, aber auch Hafen der vielfältigen Historie. Ein Schiff sticht in See, ein anderes kehrt in den Hafen zurück. Tintenfaß der Träume. Pfade der Abfahrt.

Ich gebe mich in die Hände des Golfs, als nähme einer die Historie in seine Hände oder als träumte er, daß die Historie ihn bei sich empfängt – in einer Zeile, einer Seite, einem Buch.

Ich bin hinab in den Garten des Hotels gegangen.

Ich habe es gern, fortzuschreiten im Duft einer Pflanze, mich zu unterhalten mit einem Baum. Mein Gestern in den Raum der Gegenwart zu legen und so, ein wenig, dessen Leere zu füllen. Die Leere ist anfänglich: weder Ziel noch Richtung, sondern Hin und Her. Erhabene Leere auch: da das noch nie Gesehene sehen. Ist da nicht die Richtung des anderen Raums? Bereitet die Leere uns nicht darauf vor, ein Treffen mit uns selber zu vereinbaren an einem Ort, den wir nicht kennen?

Wir inspizieren, erproben, durchsuchen; die Sprache bleibt Alphabet der Zeichen.

Auf jenen Reisen, wo man die Isolierung sucht oder die für sich schon die Isolation sind, kennen wir von den Leuten in den Hotels, den Restaurants und den Straßen allein die Lippen und die Fingerspitzen. Selten sehen wir ihre Augen; denn sie sind immer in Anspruch genommen oder wie gefangengenommen, verdeckt von der Lektüre, die wir von ihnen verlangen.

Ein Tisch.

Vor mir haben an ihm viele Leute Platz genommen.

Ich werde vielleicht mit demselben Löffel und von demselben Teller essen, welche schon dem einen oder der anderen von ihnen gedient hat. Ich werde vielleicht aus demselben Glas trinken, das eine Frau einst an ihre Lippen gehoben hat. Und was täte ich, würde es mir gegeben, sie wiederzusehen? Würde ich flüchten, oder würde ich für sie entbrennen und ihr folgen? So oder so: keine Spur von Wärme an dem Stuhl, auf den man sich setzt, und sei das auch vorher der Platz der schönsten Frauengestalt gewesen.

Welcher Bezug zu meinem Aufenthaltsort kommt demnach für mich in Frage? Einer zu diesem Zimmer, das ich zum ersten und wahrscheinlich zum letzten Mal sehe? Und doch schlafe ich in dem Raum – in einem Bett, welches dessen Innerstes ist. Ich gehe und atme in seinen Armen. Entkleide mich. Tage und Nächte wird er mich umfangen. Wird er gleichwohl Teil meines Lebens werden oder gar meines Gedächtnisses? Und selbst wenn er übergeht in mein Gedächtnis, wird er gleichermaßen Teil meines Lebens sein? Es ist das aber nicht der einzige Ort, den ich gekannt habe. Ich habe mich schon in vielen Hotels aufgehalten, in vielen Zimmern geschlafen. Wo bleibt ihnen also etwas von mir, meinem Leben und meinem Gedächtnis? Gehört der Ort dem Körper, der sich da niederläßt?

Aus einem unbekannten Ort wird, könnte man sagen, ein bekannter. Frage des Kennenlernens. Er war dort, und jetzt ist er da, hier. Frage der Nähe. Wie auch immer: dieses Kennen wird enden in dem Augenblick, da man von dem Ort fortgeht. Die Nähe wird wieder entfernt sein. Auch das Bett bleibt dort. Der Mensch, der nach uns darauf liegen wird, ist vielleicht jemand uns völlig Unvertrauter, jemand, den wir uns nie hätten träumen lassen. Stellen wir uns einen Prachtkörper vor, der dasselbe Badezimmer benutzt wie wir, dieselben Handtücher, mit denen schon wir uns abgerieben haben. Stellen wir uns, im Gegenteil, einen häßlichen Leib vor.

Der Ort, ist das eine Gelegenheit, uns besser kennenzulernen und auch die anderen? Demnach eine Versuchsstation? Doch mit welchem Ziel?

Ist er ein Schlüssel zum Öffnen unseres verschlossenen Inneren, der uns so weiter hinabsteigen läßt in die abgeschiedenen Winkel von uns selbst? Schafft er meinem Innern den Zugang zum Außen? Der Ort, teilt er uns, entdeckt mich sowohl mir selber als auch dem anderen – jenem Außerhalb-von-mir? Entschleiert er also unsere Dualität: das in sich selber, in seinem Gedächtnis lebende Ich; das andere Ich, das außerhalb seiner selbst lebt, in der Befremdlichkeit des anderen?

Indessen bestand der Ort vor mir; und wird fortbestehen nach mir. Das ist eine Gegebenheit, die ohne mich besteht; ich kann daran nichts ändern. Was bindet mich aber an das, was ich nicht ändern kann? Ich bin da nur Wind und Spreu. Was zeigt mir zugleich meine zufällige Anwesenheit? Meine Eigen-Zeit oder eher die Zeit des Orts? Kann ich sagen, die hier verbrachten Stunden gehören mir völlig? Gehören sie nicht auch ihm? Und doch verbindet dieser Ort mich mit der Gemeinschaft, und was ich für meine private Zeit halte, ist zugleich die Zeit des Orts und der Gemeinschaft. Er drückt meine gemeinsame Besonderheit aus. Beeinflußt mich mehr als ich ihn. Er ist es, der mich verändert.

Und wenn ich, mit ihm zusammen, ein Photo machte?

Weder ich noch er: sondern jetzt, das Photo.

Das Photo? Das ist das Sinnesproblem.

Der Orts-Sinn.

Es gibt einen Sinn nur da, wo der Ort besteht als Symbol. Der Ort gehört dem, der ihn durchquert als Sinn, ihn benutzt als Symbol-Ort. Das habe ich erlebt in Erice, wo Odysseus Zuflucht genommen hat aus Gründen, welche die Leser der Odyssee kennen, und wo auch jene Seefahrergötter vorbeigefahren sind, die Phönizier, zurück zu den Küsten Libanons.

Beim Betreten Erices, in Begleitung von Francesca Corrao, hatte ich selber die Vorstellung, zurück in die Zeit zu fahren. Eine Aufwärtsbewegung, verwandt der Ekstase: sie befreit einen von jener Last und macht einen durchscheinend, bereit, das Licht des Unbekannten zu empfangen.

An solch einem Symbol-Ort lese ich nicht nur, was

geschrieben ist und sich schreibt, sondern gleichermaßen, was unvereinbar ist mit der Schrift. So ist mir, als seien wir *eins* – dieser Ort und ich. Und das selbst, wenn ich ihn nur ein einziges Mal gesehen habe und ihn wohl in der nahen Zukunft nicht mehr sehen werde.

Der Unterschied zwischen solcherart Ort und einem anderen ist der gleiche wie der zwischen einer Tür, die zu einer Fabrik führt, und einer, die sich öffnet zu einem Tempel hin.

Tempel – kaum spricht man dieses Wort aus, und Geschichte und Menschenzeit erscheinen vorgeladen, seit den Anfängen, zwischen unseren Händen.

So sage ich zum Symbol: du bist es, was die Extreme und die Grenzen eint, die Zeiten und die Orte in einer einzigen Gegenwart. Zu meinem Wesen sage ich: du verstehst das UNSICHTBARE nur zu sehen, sowie du sein Gesicht berührst mit der Rose der Materie.

Dein Freund,
Adonis

Auf dem Schiff nach Piräus, 24. August 1998

Lieber Adonis,

einen Ort zu verlassen heißt oft Trauer. Aber der Abschied von einer Insel ist begleitet von einem Versprechen der Rückkehr. Keine Trauer also: man verläßt ein Erdstück Licht für die Länder der LICHTER. Und diese Nuance besagt etwas. Griechenland und mit ihm das ganze Mittelmeer und der Vordere Orient leiden noch darunter, ihre Sonnengötter aufgegeben zu haben für einen einzigen, unsichtbaren Gott. Auf dem Weg dahin waren die Leute in Italien die ersten, die gespürt haben: ohne Kompromiß mit den Göttern, ohne Miteinander – einem zudem harmonischen – kann es keine Entfaltung des Menschen geben, noch auch freie Freiheit, noch große Zivilisation. Unsere Zeit mag es, illuminiert und geblendet zu sein von einer einzigen Lichtquelle; und doch sitzt eine tiefe Sehnsucht in unserer Brust, und unsere Kehle ist zugeschnürt. Wie leben mit Göttern, die kein Gesicht haben, entsprechend unserem Gesicht? Das ist vielleicht der Sinn unserer langen, hervorgewürgten, monotonen Gesänge. Wir Leute des Südens beweinen immer noch das Lächeln der Götter aus Stein, verschwunden seit langem, der Mitbewohner unserer Häuser, denn der Gott, welcher über uns herrscht, ist ein maskierter Richter, gemacht aus Wüten und Blitzgewittern. Er wertet auf, schließt, verbietet; er ist raubvogelgierig und glaubt allein an

Strafe, Macht und Geld. Freundschaftliche Inseln; denn man kann weg von ihnen. Von den Städten kommt man nie weg; Kavafis hat das begriffen. Ich fahre zurück nach Athen, lieber Freund, und denke schon an unsere Begegnungen in Paris. Mein Schiff ist schnell, und doch geht es nicht voran. Meer und Himmel sind eins; von Zeit zu Zeit zeigen sich braune oder graue Küsten, die den Horizont verstärken. Lange Schiffahrten bieten sich gut an zum Lesen. Im Sommer mache ich mich manchmal neu an Sophokles. Antigone und Ödipus rufen mir unser eigenes Chaos ins Gedächtnis und eine Ordnung, die nicht mehr besteht. Was mich anzieht, ist nicht so sehr jenes düstere Gewicht von Vater und Mutter, sondern eine noch ältere Beziehung, mit der entscheidenden Frage, gestellt von der Sphinx, dem sicherlich unsereinem nächsten der Wesen, weil halb Monstrum. Die, welche ihr die unrichtigen Antworten geben, werden von ihr getötet; die anderen haben das Vorrecht, geschlagen zu werden vom Schicksal. Die richtige Antwort setzt also einen langen Irrweg voraus.

Die Mythen sind die einzigen Fragen, die dem Menschen gestellt werden sollten; denn sie kappen ihm nicht die Sakralstruktur. Sie lassen das göttliche Element seines Körpers zu und machen ihn frei, zugleich werfen sie einen Zauber über ihn; sie gehören nicht in unsere Vergangenheit, sie blicken uns an seit der Nacht unserer Zukunft. Die Poesie hat

Mythen nötig, welche Träger der Sprache in ihrer Ganzheit sind. Sie sind verschwistert mit den trokkenen Felsinseln. Diese ermangeln des Poetischen, doch gerade sie stacheln die Sprache an, sich zu zeigen. Nackt fordern sie die Nacktheit ein, welche bekleidet. Unweit von hier hat Delos die Geburt Apollos gesehen; weiter südwärts hat Patmos, geträumt von Hölderlin, Johannes aufgenommen zum Schreiben der *Apokalypse*, und noch weiter südwärts betrachtet Zypern die Geburt Aphrodites. Die Inseln und die Gedichte haben die Nacktheit gemein, ein paar Steine und ein paar Wörter, die darauf aus sind, uns zu konstruieren.
Doch im Augenblick entfernen meine Inseln sich vom Schiff, und ein laufender Fernseher hat Antworten auf alles. Antworten auf alles: unsere Zeit.

Dir alles Gute,
Anaïl

PS: Lieber Adonis, ich beneide Dich um Sizilien, wo ich seit Jahren nicht mehr war. Der sehr dichte Schatten dort auf den Plätzen, die Gerüche, welche die Sonnenstellen durchziehen, und der aufeinanderfolgende Verrat. Alle, Griechen, Römer, Normannen, Araber, Italiener, haben Sizilien verraten. Ist es ein Zufall?: wir haben uns aufgehalten auf den Inseln der *Odyssee.* (Man sagt, Homer sei gestorben auf Ios.)

Palermo, Ende August 1998

Lieber Dimitri,

eine Mücke hat mich geweckt, um drei Uhr morgens! Ich bin aufgestanden, habe das Licht eingeschaltet und mich ans Suchen gemacht. Ich habe lange gesucht. Überall. Zwischen den Leintüchern, auf dem Kissen, unterm Bett. An der Wand, am Plafond, in den Winkeln. An den Fenstervorhängen. Im Schrank. Im Badezimmer.
Vergebens. Keine Spur.
Habe ich sie mir eingebildet, diese Mücke? Warum? Wie?
Ich konnte nicht wieder einschlafen. Ich war nicht fähig zu lesen, nicht einmal fernzusehen. Ich tat nichts als hören und horchen; durchforschte mit den Augen das Zimmer. Ich ging, einfach so, ins Badezimmer. Ich machte Licht, schaltete es aus.
Wo ist sie bloß, diese Mücke? Keine Spur.
Es ist fünf Uhr morgens. Ich habe eine Flasche Mineralwasser geöffnet: nein, mit Kohlensäure! Und um diese Zeit kann ich doch kein anderes Wasser bestellen. Ich habe widerwillig getrunken. Und was nun? Der Schlaf will nicht kommen. Ich werde das Kohlensäurewasser wegtrinken. Zum ersten Mal im Leben habe ich eine ganze Flasche eines Wassers getrunken, das ich nicht mag, in weniger als einer halben Stunde, obwohl ich nicht einmal Durst hatte und das Abendessen leichter war als leicht.

Ein Motorengeräusch. Ein Boot, das den Golf durchquert? Auf keinen Fall ist das ein Automotor. Das Geräusch ist verstummt. Ein anderes anstelle, gedämpfter. Wahrscheinlich kleine Fischerboote, die aus dem Hafen fahren.
Ich habe zu gähnen angefangen. Es ist jetzt halb sechs. Werde ich wieder einschlafen? Ich hab's versucht: nein.
Wie kann das bloße Geräusch einer – eingebildeten? – Mücke mich derart durcheinanderbringen?
Halb sieben.
Der Schlaf scheint wiederzukommen. Immer heftigeres Gähnen. Nichts zu machen.
Die Vögel erwachen im Garten des Hotels, Tauben und Turteln vermischen ihr Gurren. Ich glaube, die schmachtende Klage zweier Ringeltauben wiederzuerkennen, die ich gestern vor dem Tagwerden gegrüßt habe – in Erinnerung an einen Poeten, der gegen Byzanz gekämpft hat, Abu Firas Al Hamadani –; sie hatten mir nicht geantwortet.
Ich versuchte zu schlafen. Ich habe mich ausgestreckt auf das Bett, mich mehrere Male hin- und hergewälzt. Vergebens. Das Angezogenwerden durch das Wachsein war stärker und eindringlicher.
Sieben Uhr früh.
Auf, mein Freund! Aufgestanden, hinaus mit dir. Zum Schwimmbecken. Nur ist es noch zu früh zum Schwimmen, und ich werde ganz allein sein. Nein, ergeh dich besser im Garten oder am Strand.

Ich bin hinaus. Ich habe mich ergangen. Es ist acht Uhr. Auf zum Schwimmbecken.
Ein paar Hotelgäste sind schon da, mit ihren Kindern. Eins von denen sagte zu mir etwas, das ich nicht verstand, aber ein Verständnis vortäuschend, nickte ich, so im Schwimmen. Das Vorkommnis war mir peinlich. Ich blickte um mich: mehrere Leute bevölkerten das Wasser. Ich schloß daraus, daß das Kind von mir nichts Dringendes verlangte und daß es schlicht sich mit mir unterhalten wollte oder mich befragen zu den Körperübungen, die ich möglichst unauffällig verrichtete, am Schwimmbeckenrand.
Zehn Uhr. Ich bin aus dem Wasser gestiegen, habe gefrühstückt – wie gewohnt: ein paar Früchte, kein Brot und ebenso weder Tee noch Kaffee.
Übermorgen kehre ich nach Paris zurück. Wirst Du dort sein? Ich komme sicher an vor diesem Brief, ich werde ihn hinter mir lassen – auf seiner eigenen Bahn.
In Paris bin ich geboren worden zum dritten Mal (meine erste Geburt, die natürliche, hat stattgefunden in Kassâbîn; meine zweite, die poetische, in Beirut). Paris hat mich dazu gebracht, aus mir herauszugehen – aus meiner Existenz in Beirut –, indem es mich zugleich vorbereitete, wieder zu mir selbst und nach Beirut zurückzukehren, mich und Beirut in einem anderen Licht zu sehen, in einer neuen Perspektive. Ich habe da viele meiner Gewiß-

heiten verloren, und es bestürmten mich noch mehrere Fragen. Meine Leser – wenn sie mich begreifen wollten, mich zu begreifen imstande sein wollten – mußten von jetzt an mit mir reisen in die Provinzen der Interrogation und der Imagination, in das *Mögliche* und das *Erwarten.*

In Paris war es auch, wo ich besser den Sinn von Identität und Zugehörigkeit begriff. Ich begriff das um so besser, als ich mich, seit meiner zweiten Geburt, ausschließlich auf der Seite des Fragens und der Suche sah. Auch die Realität, die ich lebte oder die mich umgab, erschien mir immer sehr nah an der Illusion; gleichzeitig berauschten die meisten meiner Kollegen sich an der Realität, erklärten sie zur höchsten Wahrheit. Sie schrieben, was sie lebten, mehr oder weniger, während ich nur schrieb, was, vielleicht, hätte den Anfang machen können für das, was ich real lebte. Das VERTIKALE hat immer sowohl meinen Blick als auch meine Vision geleitet. Und das hat mir bei meinen Kollegen das Etikett des »Idealisten« eingebracht. Tatsächlich wich ich vor dem Wirklichen aus ins Imaginäre und in die Sprache, diesen magischen Ozean von Bildern und Symbolen, von Anspielungen und von Zeichen, von Musik und Rhythmus, und gab in alldem den Vorrang der Kunst und der »Poetizität«. Diese Sichtweise hatte, vielleicht, zum Ursprung die Tatsache, daß ich zwanzig Jahre lang, von 1956 bis 1976, in einem erzwungenen Exil gelebt habe, das ich heute fortsetze, wenn auch freiwillig. Das würde im übrigen zudem erklären, weshalb meine Poesie derart geprägt ist vom Absurden und vom Unwahrscheinlichen, vom Wahnsinn, von der Bitterkeit und der Verzweiflung – in den Augen vieler genug, mich »anzuklagen«, ich hätte mich »entfernt von den Problemen des Volkes«. Es handelt sich in der Tat um eine »Anklage«, eine eindeutige und im engen Sinn politische, ohne jede poetische Begründung, für die »die Sache des Volkes« einzig im Politisch-Sozialen besteht. Als die Sache des Menschenwesens, seine Existenz, sein Geschick, seine Freiheit, seine Lieben, seine Hoffnungen und Hoffnungslosigkeiten – die Sache der Poesie und der Ästhetik einmal beiseite – nicht ebenso wie die Sache der Geschichte, der Zivilisation und der Zukunft Teil der »Sache des Volkes«.

Ah, aber warum erzähle ich Dir all das, mein Lieber?
All diese meine Geringfügigkeiten?
Ich weiß es nicht. Ich weiß es nicht.

Dein Freund,
Adonis

Paris, am 30. August 1998

Lieber Adonis,

zurück in Paris, unserer Stadt. Da, wo die Menschen, herbeigeweht von den vier Hauptwinden, aufeinandertreffen. Ich bin Paris dankbar für seine Gastfreundlichkeit. Es ist die größte Insel der Welt, regiert von Journalisten und Köchen, Modeschneidern und Mondänen – die Besten und die Übelsten ziehen in die Vororte. Hauptstadt der Widersprüche, der Lüge und der Leichtigkeit, der ärgsten Verderbtheit und der vollkommensten Freiheit (jene der nordischen Länder ist kalt, puritanisch, überwacht). Ihre Mängel sind undenkbar ohne ihre Qualitäten, sie sind deren Kehrseite. Es gibt keine Stadt, die mehr Künstler, Schriftsteller, Talente verachtet, verkannt und ausgehungert hat; keine hat so viel Spielraum gelassen für die Entfaltung der Geheimnisse eines jeden. Welche andere Metropole ermöglicht es einem, so rasch man selber zu werden, indem sie einen harten, untrüglichen Spiegel abgibt, dem, der sich darin sehen will? Die Latte hier ist sehr hoch, und der Übergang zur Herrschaft der Vulgarität und des Arrivismus käuflich und gar zu leicht. Hier bestehen, und das ist eines der Wunder, friedlich zusammen die Ehrlichkeit und die Rechtschaffenheit, die Freundschaftlichkeit und die Größe mit der scheußlichsten Niedrigkeit. Die sich prostituierende Dummheit und die Mittelmäßigkeit treten hier

oft als Gesetz auf: Paris versteht wenig, weiß aber zu tolerieren. Seltsame Weisheit, die immer wieder bestätigt, daß die Moral schlimmer ist als die Amoral. Athen, vor allem Rom, Alexandrien und Beirut haben das praktiziert am Ende ihrer Blüte. Auch das ist die Größe von Paris, das vielleicht die letzte antike Stadt ist; sie gehört in diese Reihe. Wie auch immer: für uns gilt, daß wir den Moment fürs Ankommen und Wegfahren wissen. Hierher zurückkehren: welche Herausforderung!
Adonis: Paris ist auch ein allen Weltmeeren offener Hafen. Seine schönste Avenue ist ein Fluß: sein Plafond ein Vorbeiziehen der Wolken. Zurückgekommen, weiß ein jeder, daß er seine Zeit einteilen, ihr einen anderen Sinn geben kann als den durch die Modernität aufgezwungenen. Ein Ort, der nicht lebenswert ist, läßt sich erkennen daran, daß er einem den Rhythmus des »Gastgebers« aufdrängt – und Meister, welche der Ehrerbietung würdig sind, davon gibt's keine mehr. Eine Stadt, die den Namen verdient, achtet deine Zeit – auf die andere keinen Gedanken verschwenden! Weg mit ihnen. Hier, höchste der Qualitäten, respektiert man die Zeit und ehrt man die Liebe, ohne eine andere Regel als die der Legitimität – das »Legale« ist zum Glück lächerlich gemacht, und das ist ein Gipfel des Menschlichen; selten sind die Orte, welche sich solch einer Verfassung rühmen können. Und überdies ist das Grau des hiesigen Klimas eine Wohltat; denn es kann

lichter sein als der blaue Himmel, es verschafft einem jenen *spleen*, von dem Baudelaire spricht und der das Gedächtnis anregt, nicht bloß die Steine, sondern auch unsere Körper zu bewohnen. Ja, in Paris ist das Düstere präziser als das Helle.

Im Grund sind wir auf der Suche nach einem Ort, der für uns eine wahre Heimstatt ist; die Städte sind die Haltestellen. Wir leben weder in Beirut noch in Athen noch in Paris. Wir sind Mieter unseres Herumirrens. Unsere Welt, schau, scheint der wahrhaften Freiheit müde zu sein. Zusammen mit der Wahrheit ist sie in unseren Gesellschaften die meistgehaßte Praxis. Epoche, welche die Zeit zerdrückt und zugleich meint, sie zu dominieren: Epoche, die denkt, das Ich finde sich in der Vereinigung des anderen. Die Poesie zeigt das Gegenteil. Deshalb also, scheint mir, haben wir gewählt, Augenblicke zu leben, Passagen, und glauben, unsere Wurzeln sollten dem Blitz gleichen und nimmermehr verfaulen.

Das höchste aller Vaterländer ist das Exil.

Exil, unsere freie Freiheit.

Dein Freund,
Dimitri

Kassâbîn, am 15. September 1998

Lieber Dimitri,

im Dorf, im Haus,
ändert die Sonne, die schaukelt zwischen zwei Wolken, jeden Augenblick das Gewand ...
und es ist dasselbe graue und löchrige Hemd mit den weißen Spitzen.
Auf dem Balkon empfängt mich ein Spatz mit Geschrei. Was hat er nur? Sein Nest und seine Jungen befinden sich offenbar neben mir, über dem Fenster. Eine Spätzin also. Hab keine Angst, kleine Nachbarin, liebe Freundin, die du dich eingemeindet hast in meine Wohnung. Mein Haus ist deines, es steht dir offen. Ich soll mich vom Fenster entfernen? Gut, entschuldige.
Ein knatterndes Moped sägt dem Dorf den Hals durch.
Schwalbe, schöner Wandervogel, wie kann ich dir bloß behilflich sein? Auch du möchtest, daß ich dir mein Zimmer überlasse? Du möchtest mir nichts, dir nichts hier herein und den idealen Nestplatz aussuchen? Komm also, und hab keine Angst.
Pinien stehen in engen Reihen rund um das Haus, greifen ineinander über, umschlingen einander, offenbaren Fenster und Bett. Ich sehe ihre Capes den Hausbereich umschließen, ihre grünen Wipfel windwärts klettern.

In der Ferne der neue Stausee. Fischerangeln ziehen kleine Wellen auf der Suche nach friedlichen Süßwasserfischen.
Olivenhaine, in deren Mitte die Streudörfer.
Das Meer – unser Meer, ich sehe es zum ersten Mal vom Fenster des Hauses. In meiner Kindheit war es nicht sichtbar, verdeckt von etwas, das mir als Gebirge erschien. Wie haben jene Gipfel sich eingeebnet, und wo? Wie kam es, daß sich das Meer gezeigt hat, von Kassâbîn aus? Können auch die Berge »sterben«, kann der Untergrund das auffressen, was aufragt? Oder »emigrieren« sie, auch sie, schmelzen weg auf den Wegen?
Die Dorfleute – ich kenne einige seit der Kindheit. Ich habe andere gekannt, dann vergessen. Wieder andere treffe ich zum ersten Mal.
Die Himmelskuppel auf den Schultern, gehen sie dahin, breiten die Arme aus, um das Geschick zu empfangen. Alle die sich bewegenden Bäume, all die Münder, überfließend von Geschichten! Ihr Geschick, sie legen es weiter und weiter in die Hände Gottes – auch wenn sie sich setzen oder sich erheben, wenn sie das Haus verlassen oder heimkehren. – Sag mir, Abu Ali Kamel, mein lieber Kindheitsfreund: Kennst du das Verjüngungskraut? Wie kommt es, daß du, während ich altere, nicht abläßt, dich zu verjüngen?!
– Ja, es gibt sehr wohl eine Pflanze, aber ich weiß ihren Namen nicht, antwortet er mit einem Lachen

und flüstert mir dann ins Ohr: Ich zeige sie dir, so wie du dich hier niederläßt, bei uns.
Mich niederlassen? Wie nur?
Was stellt es heute, für mich, dar, dieses Dorf, mit seinem Umland und seinem Klima? Wahrscheinlich eine »Verrührung« von Wundern, getropft aus den Phiolen der Zeit und deren Alchimie. Das Bild trug mich zurück in den Moment, da ich das Dorf verließ; zwanzig Jahre lang sollte ich es nicht wiedersehen. Da belustigten sich die Lettern des Alphabets über mich; denn ich war überzeugt, daß die Revolution die Zeit rechtfertige, so wie die Toten die Revolution. Zwischen meinen Lippen schmetterte eine Trompete für sie und für sie.
Einmal auch, um die Wolken zu überlisten, nahm ich Abschied von meiner Bodenhaftung und widmete mich der Lektüre der Geister, welche den Wind bewohnen und ihn entfesseln. Und während zwischen meinen Händen die Logik im Schlaf versank, gestützt auf eine gebrochene Krücke, wachte die Poesie, tanzte mit der Alchimie der Dinge. Entsprechend sagten, als ein Mann aus dem Dorf starb, ein großherziger und freier Mann, seine Freunde: ein Stern ist herabgefahren in sein Grab und hat ihn in sein Haus gebracht. Da rief ich aus: O Vernunft, warum läßt du dich bezaubern vom Gewand der Sterne – hast du denn keine Augen mehr für ihre Körper?
So sah ich, als ich in der Kindheit den Dorfhimmel

anschaute, ihn sieden und schäumen – dabei, Glut zu werden in den Küchen seiner Geliebten. Ich wandelte die Kiesel des heute vertrockneten Flusses um in kleine Tamburine und brachte, in der Glockenblume, die Tränen quellenwärts. Dank dieser Alchimie fährt mein Schiff immer noch auf dem Meer des Traumes, und die Küsten rhythmisieren die Route meiner Bleibe.
Wenn: es an Bord immer noch eine Möglichkeit gibt, mich da zurückzuhalten. Aber, Möglichkeit, meine Freundin, was kann ich tun in einem Land, wo der Reichtum selbst Armut ist, die Sättigung Hunger?
Adieu den Gläsern im Gasthaus der Gegenwart: dessen Wein, die Zukunft läßt ihn altern. Und jetzt wellen sich die Wolken vor die Sonne:
welch anderes Treffen, Liebe, eröffnest du uns nun?

Dein Freund,
Adonis

Nachbemerkung des Übersetzers

Ein Spätwinter- oder schon Vorfrühlingsabend in der rue de Lourmel, im 15. Pariser Arrondissement, dem bei weitem volkreichsten und auch völkervielfältigsten der ganzen Stadt. Zusammenkunft von drei Schreibern, einer syrisch-arabisch, einer griechisch-französisch, der dritte österreichisch-slawisch, in dem libanesischen Restaurant al-Wādī, Das Tal. Der Syrer wohnt in einem nordwestlichen Vorort von Paris, der Grieche kommt von der Porte d'Auteuil im nahen 16. Arrondissement, der Österreicher kommt von seinem Wohnort im Südwesten. Am Tisch, bei Hommos, Kefta und Libanonwein, reden lange vor allem die zwei, die ihren Ursprung am Mittelmeer haben, der eine im syrischen Dorf Kassâbîn, der andere in Athen. Sie sind beide mehr als bloß altbewährte Dichter und reden aber als Altvertraute; der zu ihnen dazugeschneite sogenannte Kontinentaleuropäer kommt von der Prosa und ist unterwegs zur Prosa und hört (und schaut) den zwei ergrauten, aber nicht alten Mediterranäern erst einmal nur zu. Sie führen keinen Dialog. Vielmehr halten sie abwechselnd ihre Monologe in dem beiden wohl gleich geläufigen Französisch, der syrische Araber mit der Souveränität des größeren Bruders, der Grieche, obwohl nicht gar viel jünger, mit dem Eifer des Nachzüglings. Zugleich wirkt dieser aber für Augenblicke nahezu weltverlassen, und dabei über die Fastweltverlassenheit auf der einen Seite so betroffen, wie er auf der anderen Seite, im selben Moment, darüber zornig-vergnügt wirkt. Der Syrer-Araber dagegen spricht wie aus dem Zentrum einer Welt. Seine Ruhe, Gelassenheit und Leisheit verkörpert und vertritt eine ganze, freilich nicht tatsächlich oder gar real-politische Welt. Und ihrer beider Monologe, auch wenn ein jeder kaum eigens auf den anderen eingeht, sind zuletzt, in ihren Pausen, ihrem Rhythmus und ihrem Zusammenklang, doch Dialoge oder Zwiegespräche wie nur je welche. Gemeinsam ist beiden Dichtern, dem einen in seiner wütenden Aufgeregtheit, dem anderen in seiner so melancholischen wie unbesiegbaren Abgeklärtheit, eine Dringlichkeit, ein Sichwehren, ein auf den Herkunftsorten und -zeiten bestehendes, gegen die aktuelle Welt gerichtetes Sichabgrenzen und Auf-sich-und-dem-Orient-(als dem Morgenland-)Bestehen. So kommt dem Zuhörer am Ende der Mahlzeit im al-Wādī die Idee, welche dreieinhalb Jahre später zu diesem kleinen Buch hier geführt haben wird. »Was ihr da jetzt miteinander redet, gebt ihm die Zusatzdimension des Schriftlichen. Ich werde es übersetzen.« Gesagt, geschrieben, übersetzt (ein bißchen spät).

Ein Malerfreund, inzwischen lange tot, sagte mir einmal zu Picasso: In seiner Malerei seien noch einmal sämtliche Küsten des Mittelmeers aufgeflammt, von Haifa über Aleppo, von Kappadokien über Athen und den Peloponnes, von Marseille über Barcelona und Valencia, von der Enge von Gibraltar bis Marokko, Algier, Tripolis und Alexandria. Und mir schien im Lesen als Übersetzer, auch in der Korrespondenz zwischen Adonis und Analis leuchteten die Mittelmeergestade im Kreise noch einmal auf, wenn auch auf eine andere – eine zage und zugleich »panische« Weise. Aber vielleicht kamen ja auch die Bilder des Malagensers Pablo Picasso aus einem ähnlichen Zagen und daraus folgendem panischem Ungestüm?

*

»... oft heißt es zu segeln mit einem anderen Blick
Damit die Worte nicht wirkungslos sind«

(Analis)

»Ich steuere auf die Ferne zu, aber sie
bleibt fern. So komme ich zwar nicht an,
aber ich leuchte«

(Adonis)

Peter Handke
Juli 2001

Bibliothek Suhrkamp

Verzeichnis der letzten Nummern

1179 Peter Bichsel, Zur Stadt Paris
1180 Zbigniew Herbert, Der Tulpen bitterer Duft
1181 Martin Walser, Ohne einander
1182 Jean Paulhan, Der beflissene Soldat
1185 Marcel Proust, Eine Liebe Swanns
1187 Juan Goytisolo, Rückforderung des Conde don Julián
1188 Adolfo Bioy Casares, Abenteuer eines Fotografen
1189 Cees Nooteboom, Der Buddha hinter dem Bretterzaun
1191 Paul Valéry, Monsieur Teste
1192 Harry Mulisch, Das steinerne Brautbett
1193 John Cage, Silence
1194 Antonia S. Byatt, Zucker
1197 Claude Lévi-Strauss, Mythos und Bedeutung
1198 Tschingis Aitmatow, Der weiße Dampfer
1199 Gertrud Kolmar, Susanna
1200 Octavio Paz, Die doppelte Flamme, Liebe und Erotik
1202 Gesualdo Bufalino, Klare Verhältnisse
1203 Friedrich Dürrenmatt, Die Ehe des Herrn Mississippi
1204 Alexej Remisow, Die Geräusche der Stadt
1205 Ambrose Bierce, Mein Lieblingsmord
1206 Amos Oz, Herr Levi
1208 Wolfgang Koeppen, Ich bin gern in Venedig warum
1209 Hugo Claus, Jakobs Verlangen
1211 Samuel Beckett, Das letzte Band/Krapp's Last Tape/La dernière bande
1213 Louis Aragon, Der Pariser Bauer
1214 Michel Foucault, Die Hoffräulein
1215 Gertrude Stein, Zarte Knöpfe/Tender Buttons
1216 Hans Mayer, Reden über Deutschland
1217 Alvaro Cunqueiro, Die Chroniken des Kantors
1218 Inger Christensen, Das gemalte Zimmer
1219 Peter Weiss, Das Gespräch der drei Gehenden
1221 Sylvia Plath, Die Glasglocke
1222 Martin Walser, Selbstbewußtsein und Ironie
1223 Cees Nooteboom, Das Gesicht des Auges/Het gezicht van het oog
1224 Samuel Beckett, Endspiel/Fin de partie/Endgame
1225 Bernard Shaw, Die wundersame Rache
1226 Else Lasker-Schüler, Der Prinz von Theben
1227 Cesare Pavese, Die einsamen Frauen
1228 Zbigniew Herbert, Stilleben mit Kandare
1230 Peter Handke, Phantasien der Wiederholung
1231 John Updike, Der weite Weg zu zweit
1232 Georges Simenon, Der Mörder
1233 Jürgen Habermas, Vom sinnlichen Eindruck zum symbolischen Ausdruck
1234 Clarice Lispector, Wo warst du in der Nacht
1235 Joseph Conrad, Falk

1237 Virginia Woolf, Die Wellen
1238 Cesare Pavese, Der schöne Sommer
1239 Franz Kafka, Betrachtung
1240 Lawrence Durrell, Das Lächeln des Tao
1241 Bohumil Hrabal, Ein Heft ungeteilter Aufmerksamkeit
1242 Erhart Kästner, Die Lerchenschule
1243 Eduardo Mendoza, Das Jahr der Sintflut
1244 Karl Kraus, Die Sprache
1245 Annette Kolb, Daphne Herbst
1246 Giuseppe Tomasi di Lampedusa, Die Sirene
1247 Marieluise Fleißer, Die List
1248 Sadeq Hedayat, Die blinde Eule
1250 Paul Celan, Schneepart
1251 György Dalos, Die Beschneidung
1252 René Depestre, Hadriana in all meinen Träumen
1253 Jurek Becker, Bronsteins Kinder
1255 Cesare Pavese, Der Teufel auf den Hügeln
1256 Hans Magnus Enzensberger, Kiosk
1257 Paul Bowles, Zu fern der Heimat
1258 Adolfo Bioy Casares, Ein schwankender Champion
1259 Anna Maria Jokl, Essenzen
1261 Giuseppe Ungaretti, Das verheißene Land/La terra promessa
1262 Juan Carlos Onetti, Magda
1263 Hans Blumenberg, Schiffbruch mit Zuschauer
1264 Hermann Lenz, Die Augen eines Dieners
1265 Hans Erich Nossack, Um es kurz zu machen
1266 Joseph Brodsky, Haltestelle in der Wüste
1267 Mário de Sá-Carneiro, Lúcios Bekenntnis
1268 Gerhard Meier, Land der Winde
1269 Gershom Scholem, Judaica 6
1270 Rafael Alberti, Der verlorene Hain
1271 Bertolt Brecht, Furcht und Elend des III. Reiches
1272 Thomas Wolfe, Der verlorene Knabe
1273 E. M. Cioran, Leidenschaftlicher Leitfaden
1274 Bertolt Brecht, Flüchtlingsgespräche
1275 Else Lasker-Schüler, In Theben geboren
1276 Samuel Joseph Agnon, Buch der Taten
1277 Volker Braun, Die unvollendete Geschichte und ihr Ende
1278 Jan Jacob Slauerhoff, Christus in Guadalajara
1279 Yasushi Inoue, Shirobamba
1280 Gertrud von le Fort, Das fremde Kind
1281 György Konrád, Heimkehr
1282 Peter Bichsel, Der Busant
1284 Carlos Fuentes, Der alte Gringo
1285 Peter Rühmkorf, Lethe mit Schuß
1286 Cees Nooteboom, Der Ritter ist gestorben
1287 Christopher Isherwood, Praterveilchen
1288 Ernst Weiß, Jarmila
1289 Vladimir Nabokov, Pnin
1291 Rainer Maria Rilke, Mitten im Lesen schreib ich Dir

1292 Robert Graves, Der Schrei
1293 S.J. Agnon, Liebe und Trennung
1295 Inger Christensen, Das Schmetterlingstal
1296 Rosario Castellanos, Die Tugend der Frauen von Comitán
1297 Marcel Proust, Freuden und Tage
1298 Weniamin Kawerin, Vor dem Spiegel
1299 Juan Carlos Onetti, Wenn es nicht mehr wichtig ist
1300 Peter Handke, Drei Versuche
1301 Hans Henny Jahnn, 13 nicht geheure Geschichten
1302 Claude Simon, Die Akazie
1303 Hans Blumenberg, Begriffe in Geschichten
1304 Friederike Mayröcker, Benachbarte Metalle
1305 S.Yishar, Ein arabisches Dorf
1306 Paul Valéry, Leonardo da Vinci
1307 Ernst Weiß, Der Augenzeuge
1308 Octavio Paz, Im Lichte Indiens
1309 Gertrud Kolmar, Welten
1310 Alberto Savinio, Tragödie der Kindheit
1311 Zbigniew Herbert, Opfer der Könige
1312 Edoardo Sanguineti, Capriccio italiano
1314 Augusto Roa Bastos, Die Nacht des Admirals
1315 Frank Wedekind, Lulu – Die Büchse der Pandora
1316 Jorge Ibargüengoitia, Abendstunden in der Provinz
1317 Marina Zwetajewa, Ein Abend nicht von dieser Welt
1318 Hans Henny Jahnn, Die Nacht aus Blei
1319 Julio Cortázar, Andrés Favas Tagebuch
1320 Thomas Bernhard, Das Kalkwerk
1321 Marcel Proust, Combray
1322 Ludwig Wittgenstein, Logisch-philosophische Abhandlung
1323 Hermann Lenz, Spiegelhütte
1325 Sigrid Undset, Das glückliche Alter
1326 Botho Strauß, Gedankenfluchten
1328 Paul Nizon, Untertauchen
1329 Álvaro Mutis, Die letzte Fahrt des Tramp Steamer
1330 Sherwood Anderson, Winesburg, Ohio
1331 Derrida / Montaigne, Über die Freundschaft
1332 Günter Grass, Katz und Maus
1333 Gert Ledig, Die Stalinorgel
1334 Yasushi Inoue, Schwarze Flut
1335 Heiner Müller, Ende der Handschrift
1336 Hans Blumenberg, Löwen
1337 Konstantinos Kavafis, Gefärbtes Glas
1338 Wolfgang Koeppen, Die Jawang-Gesellschaft
1339 Jorge Semprun, Die Ohnmacht
1340 Marina Zwetajewa, Versuch, eifersüchtig zu sein
1341 Hermann Hesse, Der Zauberer
1342 Hermann Broch, Hofmannsthal und seine Zeit
1343 Bertolt Brecht, Kalendergeschichten
1344 Odysseas Elytis, Oxópetra / Westlich der Trauer
1345 Hermann Hesse, Peter Camenzind

1346 Franz Kafka, Strafen
1347 Amos Oz, Sumchi
1348 Stefan Zweig, Schachnovelle
1349 Ivo Andrić, Der verdammte Hof
1350 Rudolf Borchardts Leben von ihm selbst erzählt
1351 André Breton, Nadja
1352 Ted Hughes, Etwas muß bleiben
1353 Arno Schmidt, Das steinerne Herz
1354 José María Arguedas, Diamanten und Feuersteine
1355 Thomas Brasch, Vor den Vätern sterben die Söhne
1356 Federico García Lorca, Zigeunerromanzen
1357 Imre Kertész, Der Spurensucher
1358 István Örkény, Minutennovellen
1359 Josef Winkler, Natura morta
1360 Giorgio Agamben, Idee der Prosa
1361 Alfredo Bryce Echenique, Ein Frosch in der Wüste
1363 Ted Hughes, Birthday Letters
1364 Ralf Rothmann, Stier
1365 Arno Schmidt, Seelandschaft mit Pocahontas
1366 Bertolt Brecht, Geschichten vom Herrn Keuner
1367 M. Blecher, Aus der unmittelbaren Unwirklichkeit
1368 Joseph Conrad, Ein Lächeln des Glücks
1369 Christoph Hein, Der Ort. Das Jahrhundert
1370 Gertrud Kolmar, Die jüdische Mutter
1371 Hermann Lenz, Vielleicht lebst du weiter im Stein
1372 Ludwig Wittgenstein, Philosophische Untersuchungen
1373 Thomas Brasch, Der schöne 27. September
1374 Péter Esterházy, Die Hilfsverben des Herzens
1375 Stanislaus Joyce, Meines Bruders Hüter
1376 Yasunari Kawabata, Schneeland
1377 Heiner Müller, Germania
1378 Du kamst, Vogel, Herz, im Flug; Spanische Lyrik
1379 Giorgio Agamben, Kindheit und Geschichte
1380 Louis Begley, Lügen in Zeiten des Krieges
1381 Alejo Carpentier, Das Reich von dieser Welt
1382 Nagib Machfus, Das Hausboot am Nil
1383 Guillermo Rosales, Boarding Home
1384 Siegfried Unseld, Briefe an die Autoren
1385 Theodor W. Adorno, Traumprotokolle
1386 Rudolf Borchardt, Jamben
1387 Günter Grass, »Wir leben im Ei«
1389 Hans-Ulrich Treichel, Der Felsen, an dem ich hänge
1390 Edward Upward, Reise an die Grenze
1391 Adonis und Dimitri T. Analis, Unter dem Licht der Zeit
1392 Samuel Beckett, Trötentöne/Mirlitonnades
1393 Federico García Lorca, Dichter in New York
1394 Durs Grünbein, Der Misanthrop auf Capri
1395 Ko Un, Die Sterne über dem Land der Väter
1396 Wisława Szymborska, Der Augenblick/Chwila
1398 Idea Vilariño, An Liebe

Bibliothek Suhrkamp

Alphabetisches Verzeichnis